沈復 著
彭令 整理
崇賢書院 釋譯

浮生六記

第二冊

北京聯合出版公司

（承上册）

原文

實中有虛者，開門於不通之院，映以竹石，如有實無也；設矮欄於牆頭，如上有月臺而實虛也。貧士屋少人多，當倣吾鄉太平船後梢之位置，再加轉移其間。臺級爲床，前後借湊，可作三榻，間以板而裱以紙，則前後上下皆越絕，譬之如行長路，即不覺其窄矣。余夫婦喬寓揚州時，曾倣此法，屋僅兩椽，上下臥室、廚竈、客座皆越絕而綽然有餘。芸曾笑曰：「位置雖精，終非富貴家氣象也。」是誠然歟？

譯文

而所說的實中有虛，就是開門並沒有通向別處庭院，而是在開門處種上竹林，堆起假山，讓人以爲通向別處，實際卻並沒有去處；牆上圍起低矮的圍欄，讓人覺得上面有一個月臺，而實際上並沒有，這也是營造實中有虛的一種方法。如果是家境比較清貧、房少人多，可以倣倣我家鄉太平船後面艙房的擺設，把臺級當作床，再稍往前後擴展一下，就可以當成三個床榻了，床榻之間用糊上白紙的木板隔開，這樣一來前後上下空間彼此連通卻又有隔絕，這就好像是走在長路上，就自然會忽略它的寬窄問題了。我們夫妻寄居揚州的時候，用的就是這種方法，我們的房間僅有兩椽大小，卻上下臥房、廚房、客房一應俱全，彼此之間互相連通又有隔絕，不僅沒有擁擠之感，還感覺空間頗有富餘。陳芸曾經開玩笑說：「房間這樣的設計雖顯精巧，卻終究不是富貴之家的氣象。」這也確實是實吧？

原文

余掃墓山中，撿有巒紋可觀之石，歸與芸商曰：「用油灰疊宣州石於白石盆，取色勻也。本山黃石雖古樸，亦用油灰，則黃白相間，鑿痕畢露，將奈何？」芸曰：「擇石之頑劣者，搗末於灰痕處，乘濕糝之，乾或色同也。」乃如其言，用宜興窯長方盆疊起一峰，偏於左而凸於右，背作橫方紋，如雲林石法，巉岩凹凸，若臨江石磯狀；虛一角，用河泥種千瓣白萍；石上植蔦蘿①，俗呼雲松，經營數日乃成。

註釋

①蔦蘿：又名寄生。一年生草本植物。夏季開花，花色有紅有白，是一種觀賞植物。

譯文

我在山中掃墓的時候，撿到一些上面有花紋的漂亮石頭，回家之後，與陳芸商量：「這石頭色澤均勻，如果用油灰將它們堆疊在一起放在白石盆中，一定會很好看。這個地方的黃色石頭雖然外表古樸，但是如果也用油灰將它們粘連在一起，黃白相間，看起來斧鑿的痕跡就太重了，應該如何是好呢？」陳芸說：「挑選幾塊材質一般的石頭，將它們搗碎趁濕塗抹在兩種石頭的連接處，乾了也許顏色就不會那麼突兀了。」我按照她說的方法，在宜興窯燒製出的長方盆中堆疊起一座小山，小山在花盆左側，右邊還有一處凸起，背面橫放著帶有花紋的石頭，與雲林畫石的方法相同，假山上石頭高而險，如同江邊的岩石一樣；空出一角來，用河裏的淤泥種上一株千瓣白萍；石頭上種上蔦蘿，蔦蘿俗稱雲松，這種植物種下數天之後就會開花。

原文　至深秋，蔦蘿蔓延滿山，如藤蘿之懸石壁，花開正紅色，白萍亦透水大放，紅白相間。神遊其中，如登蓬島①。置之簷下與芸品題：此處宜設水閣，此處宜立茅亭，此處宜鑿六字曰「落花流水之間」，此可以居，此可以釣，此可以眺。胸中丘壑，若將移居者然。一夕，貓奴爭食，自簷而墮，連盆與架頃刻碎之。余嘆曰：「即此小經營，尚干造物忌耶！」兩人不禁淚落。

註釋　①蓬島：即蓬萊山。唐李白《古風》之四八：「但求蓬島藥，豈思農扈春？」

譯文　深秋時節，蔦蘿已經長得遍及假山，如同懸掛在石壁上的藤蔓，上面開著大紅色的花朵，白萍也長勢茂盛，露出水面，紅白相間。看著這景象，讓人產生一種幻覺，以爲是置身蓬萊僊島上。將這盆景放在屋簷下與妻子一邊欣賞一邊研究：這個地方適合建造一水閣，這個地方可以立個茅亭，這個地方可以鑿刻「落花流水之間」六個字，這個地方可以居住，這個地方可以釣魚，這個地方可以用來遠眺。心中想像著好像我們就要搬到那裏一樣。一天傍晚，幾隻小貓在爭奪食物，忽然從屋簷上掉落下來，將盆景連盆帶架打翻在地上，頓時碎得不成樣子。我十分惋惜，感慨地説：「即使是這麼點樂趣和愛好，難道也要遭受老天的嫉妒嗎！」妻子聽著我的話，也不禁傷心起來，夫妻二人淚眼相望。

原文　靜室焚香，閒中雅趣。芸嘗以沉速等香，於飯鑊蒸透，在爐上設一銅絲架，離火半寸許，徐徐烘之，其香幽韻而無煙。佛手忌醉鼻嗅，嗅則易爛；木瓜①忌出汗，汗出，用水洗之；惟香圓②無忌。佛手、木瓜亦有供法，不能筆宣。每有人將供妥者隨手取嗅，隨手置之，即不知供法者也。

余閒居，案頭瓶花不絕。芸曰：「子之插花能備風晴雨露，可謂精妙入神。而畫中有草蟲一法，盍仿而傚之。」余曰：「蟲躑躅③不受制，焉能傚倣？」芸曰：「有一法，恐作俑罪過耳。」余曰：「試言之。」曰：「蟲死色不變，覓螳螂、蟬、蝶之屬，以針刺死，用細絲扣蟲項繫花草間，整其足，或抱梗，或踏葉，宛然如生，不亦善乎？」余喜，如其法行之，見者無不稱絕。求之閨中，今恐未必有此會心者矣。

註釋

①木瓜：落葉灌木或小喬木，葉長橢圓形，春末夏初開花，花紅色或白色。果實長橢圓形，色黃而香，味酸澀，經蒸煮或蜜漬後供食用，可入藥。②香圓：即香櫞。可作砧木，但是衹可以用於佛手嫁接。③躑躅：形容慢慢地走，徘徊不前的樣子。《樂府詩集·雜曲歌辭十三·焦仲卿妻》：「躑躅青驄馬，流蘇金鏤鞍。」

譯文

在安靜的居室中焚香，悠閒中又帶著無限雅致樂趣。妻子曾經將沉香放在煮飯用的鍋裏蒸透，再在爐上放一個銅絲架，在距離火焰半寸遠的地方，用小火慢慢烘烤，沉香的香氣就被慢慢烘出來了，而且沒有煙霧。佛手果最忌諱的事情就是喝酒之後用鼻子去嗅它，嗅過以後的佛手果就很容易爛掉；而木瓜最忌諱的就是用汗手觸摸，如果不小心摸了，就一定要趕緊用清水洗淨；唯有香櫞百無禁忌。佛手果和木瓜的供法也有講究，不過這裏用筆墨很難說得清楚。常常有人隨手將供品拿來聞，聞過之後又隨手放回供臺，這種做法就證明他們根本不知道正確的供法。

我賦閒在家的時候，書桌上擺滿了各式各樣的花瓶。妻子曾說：「這種插花方法展現出花朵的各種姿態，可以說是精妙入神。不過我看畫中除了花草之外，通常都有蟲鳥陪襯，你為甚麼不做做一下呢？」我說：「那些小昆蟲徘徊不定，怎麼做做呢？」妻子說：「我倒是有一個辦法，衹是擔心會開了不好的先例。」我說：「你說說看。」妻子說道：「有的小蟲子雖然死了但是卻仍然能保持原色，找一些螳螂、蝴蝶、蟬等小蟲，用針將它們刺死，再用細絲線繫住小蟲的脖子綁在花草之間，將它的腳做成各種形狀，有的抱著花梗，有的踩著花葉，栩栩如生，豈不是很好嗎？」聽過妻子的想法，我大喜過望，立即按照她說的方法去做，果然來我家看到盆景的人無不拍手稱絕。這種夫妻和睦，能夠幫我出主意的妻子，從今往後恐怕再也遇不到了。

原文 余與芸寄居錫山華氏，時華夫人以兩女從芸識字。鄉居院曠，夏日逼人，芸教其家，作活花屏法甚妙。每屏一扇，用木梢二枝約長四五寸作矮條凳式，虛其中，橫四擋，寬一尺許，四角鑿圓眼，插竹編方眼，屏約高六七尺，用砂盆種扁豆置屏中，盤延屏上，兩人可移動。多編數屏，隨意遮攔，恍如綠陰滿窗，透風蔽日，紆回曲摺，隨時可更，故曰活花屏。有此一法，即一切藤本香草隨地可用。此真鄉居之良法也。

【譯文】我和陳芸寄居在錫山華氏家中的時候，陳芸平時會教華夫人的兩個女兒認字。鄉下住所院子裏視野開闊，夏季到來的時候，通常酷暑逼人，陳芸就教華家的人製作一種活屏風，這個方法非常適用。每個屏風爲一扇，用長約四五寸的兩枝木梢做成，將這扇屏風做成矮條凳的樣式將中間空出，橫著放上四根寬約一尺左右的木條做擋，四角鑿出圓洞，將竹子插進去編織成方形的洞，屏風約有六七尺高，再將種著扁豆的砂盆放在屏風下，讓扁豆枝葉可以沿著屏風上爬，而同時這個屏風僅需兩個人就可以移動。又多編了幾個相同樣式的屏風，就可以隨意改變方向，空氣通暢卻又可以遮擋陽光，形狀多變，可以任意更替，因此叫作活屏風。掌握了這種方法，其他所有藤本香草植物都可以應用，真可以說是鄉居之地的好方法。

【原文】友人魯半舫名璋，字春山，善寫松柏及梅菊，工隸書，兼工鐵筆①。余寄居其家之蕭爽樓一年有半。樓共五椽，東向，余居其三。晦明風雨，可以遠眺。庭中有木樨一株，清香撩人。有廊有廂，地極幽靜。移居時，有一僕一嫗，並挈其小女來。僕能成衣，嫗能紡績，於是芸繡、嫗績、僕則成衣，以供薪水。余素愛客，小酌必行令。芸善不費之烹庖②，瓜蔬魚蝦，一經芸手，便有意外味。同人知余貧，每出杖頭錢③，作竟日敘。余又好潔，地無纖塵，且無拘束，不嫌放縱。

【註釋】①鐵筆：刻印的時候以刀代筆，因此稱作鐵筆。也用來借指雕刻藝術。元艾性夫《與圖書工羅翁》詩：「翁持鐵筆不得用，小試印材蒸栗色。」②烹庖：烹煮、烹治。③杖頭錢：買酒錢。《晉書·阮脩傳》：「常步行，以百錢掛杖頭，至酒店，便獨酣暢。」後因以「杖頭錢」稱買酒錢。宋陸游《閒遊》詩之二：「好事湖邊賣酒家，杖頭錢盡慣曾賒。」

譯文 我有一個朋友叫魯半舫，名璋，字春山，非常擅長畫松柏和梅菊，隸書也寫得很好，同時還擅長雕刻。我曾經在他家的蕭爽樓寄居了一年半。蕭爽樓共有五間房子，我住在東邊第三間。我住的房間視野十分開闊，不管是陰天還是雨天，都可以遠眺。庭院中有一棵木樨樹，散發出一股撩人的清香。有走廊有廂房，十分幽靜。我搬過來的時候帶著一個僕人和一個老嫗，還有一個小女孩。僕人能夠做衣服，老嫗能夠紡織，妻子陳芸刺繡，老嫗紡織，僕人再做成衣服，以此來作為我們生活的全部來源。我向來好客，飲酒的時候一定會行酒令。妻子經常熱情招待，親自下廚，魚肉青菜經過陳芸的烹煮，別有一番風味。朋友知道我家境貧寒，每次一起喝酒的時候，都會主動出酒錢，就這樣坐在一起暢談整日。我又非常愛乾淨，地面上沒有一點灰塵，因而大家能夠無拘無束，輕鬆自在。

原文 時有楊補凡名昌緒，善人物寫真；袁少迂名沛，工山水；王星瀾名岩，工花卉翎毛，愛蕭爽樓幽雅，皆攜畫具來。余則從之學畫，寫草篆，鐫圖章，加以潤筆①，交芸備茶酒供客，終日品詩論畫而已。更有夏淡安、揖山兩昆季，並繆山音、知白兩昆季②，及蔣韻香、陸橘香、周嘯霞、郭小愚、華杏帆、張閒憨諸君子，如梁上之燕，自去自來。芸則拔釵沽酒，不動聲色，良辰美景，不放輕過。今則天各一方，風流雲散，兼之玉碎香埋，不堪回首矣！

註釋　①潤筆：泛指支付給作詩文書畫之人的報酬。《儒林外史》第一回：「老爺少不得還有幾兩潤筆的銀子，一併送來。」②昆季：即兄弟。長爲昆，幼爲季。北齊顏之推《顏氏家訓・風操》：「行路相逢，便定昆季，望年觀貌，不擇是非。」

譯文　當時我的朋友楊補凡，名昌緒，擅長畫人物寫真；袁少迂名沛，擅長山水畫；王星瀾名岩，擅長花鳥畫，衆人喜愛蕭爽樓的清新雅致，都帶著畫具來到這裏作畫。我也趁此機會跟他們學畫，每天寫草篆，刻圖章賣錢，將得到的收入再交給妻子，讓她買來茶酒招待客人，整天品詩論畫，僅此而已。還有夏淡安、夏揖山兩兄弟，繆山音、繆知白兩兄弟，以及蔣韻香、陸橘香、周嘯霞、郭小愚、華杏帆、張閒憨等君子，這些人如同房簷上的燕子一樣，來去自如。妻子陳芸用自己的髮釵去換了美酒，並沒有跟我說起這件事，因爲她不想讓我們錯過這樣的良辰美景。如今，我同這些人已經天各一方，如同風和雲一樣四處飄散，加上我的妻子芸已經香銷玉殞，現在回想起當初的這些事情，實在是心痛難忍啊！

原文　蕭爽樓有四忌：談官宦陞遷、公廨時事、八股①時文、看牌擲色②，有犯必罰酒五斤。有四取：慷慨豪爽、風流蘊藉、落拓不羈、澄靜緘默。長夏無事，考對爲會，每會八人，每人各攜青蚨③二百。先拈鬮④，得第一者爲主考，關防別座，第二者爲謄錄，亦就座，餘作舉子，各於謄錄處取斤。蕭爽樓又有四取：慷慨豪爽、風流蘊藉、落拓不羈和澄靜緘默。夏天夜晚，長夜漫漫，經常會集會對句，每次集會的時候有八個人，每人各帶二百銅錢。先抓鬮，抓到第一的人是主考，坐在一邊，第二位謄錄，也坐到另一邊去，剩下的人全都是應考者，各自在謄錄處取來一張紙，再蓋上自己的印章。主考官出五言、七言各一句爲題，以一炷香的時間爲限，各位舉人當塲開始構思，同時不可以交頭接耳，互通資訊。對句完成後裝到一個匣子裏，再重新回到座位上等待。所有人的卷子都上交之後，再由謄錄者打開匣子，進行謄錄，謄錄完成後再交給主考官，以防主考官徇私舞弊。主考官從十六個對句中取出三聯七言，三聯五言勝出。第一名就是再次對句的主考官，而第二名就是謄錄，如果哪個人連續兩聯都沒有被選上，那麼就要罰二十文錢，有一聯錄取的就可以少罰十文，超過時限的人要加倍處罰。一塲對句考試下來，主考官可以獲得百文銅錢，一天可以舉行十塲對句，累計起上千文銅錢之後，再用這些錢去買來酒肉，暢快痛飲一番。唯獨享有特殊照顧的，是我的妻子芸，她可以享受官卷的待遇，坐在旁邊獨自構思。

【原文】楊補凡爲余夫婦寫載花小影，神情確肖。是夜月色頗佳，蘭影上粉牆，別有幽致，星瀾醉後興發曰：「補凡能爲君寫真，我能爲花圖影。」余笑曰：「花影能如人影否？」星瀾取素紙鋪於牆，即就蘭影，用墨濃淡圖之。日間取視，雖不成畫，而花葉蕭疏，自有月下之趣。芸甚寶之，各有題詠。

蘇城有南園、北園二處，菜花黃時，苦無酒家小飲。攜盒而往，對花冷飲，殊無意味。或議就近覓飲者，或議看花歸飲者，終不如對花熱飲爲快。

譯文 楊補凡曾經爲我們夫婦畫了一幅戴花的小像，畫工一流，將我們夫婦的神情刻畫得惟妙惟肖。我還記得那天晚上月亮格外明亮，蘭花的影子映在粉色的牆壁上，別有一番雅趣，王星瀾酒後興起說：「楊補凡能給你們畫像，我也能給花畫像。」我笑著說：「畫花和畫人能一樣嗎？」衹見王星瀾取來紙張，平鋪在牆上，就著蘭花的倩影，蘸好筆墨時濃時淡地畫起來。第二天拿出來觀看的時候，雖然看不出來是幅畫，不過花蕭葉疏，明顯有一種月下之趣。妻子芸把它視如珍寶，每個人都在上面題字留念。

蘇州城有南園和北園兩處園林，油菜花開的時候，我們苦於附近沒有甚麼可以喝酒的店家，就帶著盒子來到南園或北園，對著花喝冷酒，實在沒甚麼趣味。就商量在附近尋找一處飲酒的地方，或者賞花之後再細細品酒，都沒有對著花溫酒來得有趣味。

原文 眾議未定。芸笑曰：「明日但各出杖頭錢，我自擔爐火來。」眾笑曰：「諾。」眾去，余問曰：「卿果自往乎？」

芸曰：「非也，妾見市中賣餛飩者，其擔鍋、竈無不備，盍雇之而往？妾先烹調端整，到彼處再一下鍋，茶酒兩便。」

余曰：「酒菜固便矣，茶乏烹具。」芸曰：「攜一砂罐去，以鐵叉串罐柄，去其鍋，懸於行竈中，加柴火煎茶，不亦便乎？」余鼓掌稱善。街頭有鮑姓者，賣餛飩爲業，以百錢雇其擔，約以明日午後，鮑欣然允議。明日看花者至，余告以故，衆咸嘆服。

【譯文】大家還沒有商量出結果。妻子陳芸笑著說：「明天大家都帶好打酒錢，我負責挑著火爐過來。」大家聽了都笑著說：「這樣最好。」衆人離去後，我問妻子：「你真的要親自挑著火爐過來嗎？」陳芸說：「不是的，我看見集市上有賣餛飩的小攤，他扁擔、鍋竈一應俱全，爲甚麼不去雇傭他來呢？我先在家裏將需要烹飪的東西準備好，到了賞花的地方再下鍋一炒，酒菜就都齊了。」我說：「酒菜倒是都準備好了，但是卻沒有煮茶的器具啊。」陳芸說：「帶一個砂罐去，去了之後，用鐵叉將罐柄穿起來，把鍋移走，將砂罐懸掛在爐竈上，添加柴火煎茶，不就可以了嗎？」聽了妻子的想法，我不禁拍手叫好。街頭有一個姓鮑的人，以賣餛飩爲生，我們用一百文銅錢雇傭他幫我們將爐竈擔過去，這個人很高興就答應下來。第二天賞花的人到齊的時候，我將妻子想出的方法告知他們，他們都很佩服妻子的聰明才智。

【原文】飯後同往，並帶席墊至南園，擇柳陰下團坐。先烹茗，飲畢，然後暖酒烹肴。是時風和日麗，遍地黃金，青衫紅袖，越阡度陌，蝶蜂亂飛，令人不飲自醉。既而酒肴俱熟，坐地大嚼。擔者頗不俗，拉與同飲。遊人見之莫不羨爲奇想。杯盤狼藉，各已陶然，或坐或臥，或歌或嘯。紅日將頹，余思粥，擔者即爲買米煮之，果腹①而歸。芸曰：「今日之遊樂乎？」衆曰：「非夫人之力不及此。」大笑而散。

註釋 ①果腹：填飽肚子。《明史・倪岳傳》：「故朝廷有廩庾之虞，軍士無果腹之樂。」清蒲松齡《聊齋志異・義鼠》：「見二鼠出，其一爲蛇所吞……蛇果腹，蜿蜒入穴。」

譯文 喫過飯後，我們帶著坐墊，在南園的柳蔭下圍坐成一圈。先煎茶喝茶，飲完茶後開始溫酒做菜。那天風和日麗，放眼望去，一片金黃色，我們這些賞花文人穿過田間小路，驚飛一群群棲息在油菜花中的蝴蝶蜜蜂，如畫的場面讓人沒有喝酒，就已經沉醉了。不多一會兒，美酒佳餚都已經準備妥當，我們坐在地上就開始喫喝起來。那個挑擔子的人看起來很與衆不同，便讓他坐下來與我們一同喫喝。前來賞花的遊人看見我們這樣悠閒瀟灑，都十分羨慕。很快，酒菜就被消滅乾淨了，大家也都喫得很愉快，有的坐著，

有的斜臥，有的作詩，有的唱歌。太陽快要落山的時候，我突然想喝粥，那個挑擔子的人立即去買米煮粥，喫得飽飽地回到家中。芸問大家：「今天一天玩得開心嗎？」衆人都說：「如果沒有夫人，我們無論如何也不會如此盡興。」隨後笑聲四起，大家在一片歡歌笑語中作別。

原文 貧士起居服食以及器皿房舍，宜省儉而雅潔，省儉之法曰「就事論事」。余愛小飲，不喜多菜。芸爲置一梅花盒：用二寸白磁深碟六隻，中置一隻，外置五隻，用灰漆就，其形如梅花，底蓋均起凹楞，蓋之上有柄如花蒂。置之案頭，如一朵墨梅覆桌；啓蓋視之，如菜裝於瓣中，一盒六色，二三知己可以隨意取食，食完再添。另做矮邊圓盤一隻，

以便放杯箸酒壺之類。隨處可擺，移掇亦便。即食物省儉之一端也。余之小帽領襪皆芸自做，衣之破者移東補西，必整必潔，色取暗淡以免垢跡。既可出客，又可家常。此又服飾省儉之一端也。初至蕭爽樓中，嫌其暗，以白紙糊壁，遂亮。

譯文 我本是家境清貧之人，因此無論是飲食起居還是房屋內的器皿，都節儉而雅潔，這種節儉的方法叫作「就事論事」。我平日裏喜歡喝酒，但是卻從來都不用太多菜肴。妻子陳芸爲我準備了一個梅花盒：用兩寸大小的白磁片六個，中間放一個，周圍放五個，再圖上灰色的油漆，看起來如同梅花一樣，底部都放在凹進去的木楞中，每個磁片的蓋子都有一個手柄，看起來如同花蒂一樣。

將梅花盒放在桌子上，如同一朵墨梅在桌上；將碟蓋打開，裝在碟子裏的菜肴好像是裝在花瓣上一樣，梅花盒共有六碟，每個碟子裏的菜肴顏色都不一樣，幾個好友知己可以隨意取來吃，吃完了再重新添加。此外，芸還做了一個矮邊的圓盤，以便盛放杯酒筷子之類的東西。這個圓盤可以隨意擺放位置，又方便隨時取用。這就是食物節儉的一方面。我的帽子、襪子都是陳芸親手做的，衣服如果有破了的地方，陳芸就會拿別的破衣服來補這件衣服，雖然有補丁，但是卻力求整潔，而且大多都是深顏色的，這就可以避免灰塵污垢。我穿著乾淨的衣服，不僅可以外出會見客人，也可以作爲家中日常著裝。這就是衣服節儉的方面。剛到蕭爽樓的時候，我覺得房間太暗，就將白紙糊在牆壁上，這樣就亮堂多了。

卷三坎坷記愁

原文 人生坎坷何爲乎來哉？往往皆自作孽耳，余則非也。多情重諾，爽直不羈，轉因之爲累。況吾父稼夫公慷慨豪俠，急人之難、成人之事、嫁人之女、撫人之兒，指不勝屈，揮金如土，多爲他人。余夫婦居家，偶有需用，不免典質①。始則移東補西，繼則左支右絀②。諺云：「處家人情，非錢不行。」先起小人之議，漸招同室之譏。「女子無才便是德③」，真千古至言也！

註釋 ①典質：典當，即用物品抵押來換錢，在一定時間內可以贖回。《金史·太宗紀》：「先帝以同姓之人有自鬻及典質其身者，命官爲贖。」②左支右絀：語本《戰國策·西周策》：「我不能教子支左屈右。」《史記·周本紀》引作「支左詘右」，後轉爲「左支右絀」。本意是射箭時左臂彎弓，右臂彎曲扣箭。這裏指財力或能力有限，窮於應對。③女子無才便是德：舊時認爲女子沒有才學是一種德性，就能做到三從四德。這種觀點是封建社會輕視婦女的陋習。《紅樓夢》第六四回：「自古道『女子無才便是德』，總以貞靜爲主，女紅還是第二件。」

譯文 人生的坎坷都是從哪裏來的呢？通常都是自己作孽造成的，我卻不是這樣。我向來感情豐富，重情重義，性格豪放而不拘禮節，這本是好事，沒想到我自己卻因此而受到牽累。何況我的父親稼夫老先生也是一個慷慨豪俠之人，他總是能助人於危難之中，有成人之美的品德，無論是幫助別人嫁女兒，還是幫著他人撫養兒子，父親總是毫無怨言。他做的好事情用手指都數不過來，這使得他花錢就像是揮霍黃土一樣無度，並且大多是爲他人花錢。等到我們夫妻二人居家過日子時，偶然遇見甚麼開支，甚至要靠典當換錢。起初時衹是拆東牆補西牆，發展到後來竟然經常感覺財力有限，窮於應對。有句諺語說：「處家人情，非錢不行。」我們的拮据生活，首先引來了小人的非議，接著又招到家裏其他人的嘲笑。「女子無才便是德」，這眞是一句千古不變的至理名言啊！

原文 余雖居長而行三，故上下呼芸爲「三娘」。後忽呼爲「三太太」，始而戲呼，繼成習慣，甚至尊卑長幼，皆以「三太太」呼之，此家庭之變機歟？

乾隆乙巳①，隨侍吾父於海寧官舍。芸於吾家書中附寄小函，吾父曰：「媳婦既能筆墨，汝母家信付彼司之。」後家庭偶有閒言，吾母疑其述事不當，仍不令代筆。吾父見信非芸手筆，詢余曰：「汝婦病耶？」余即作劄問之，亦不答。久之，吾父怒曰：「想汝婦不屑代筆耳！」迨余歸，探知委曲，欲爲婉剖，芸急止之曰：「寧受責於翁，勿失歡於姑也。」竟不自白。

註釋 ①乾隆乙巳：乾隆五十年，即一七八五年。

譯文 我在家中雖是長子卻排行老三，因此家裏所有人都叫妻子陳芸爲「三娘」。後來不知是誰忽然改口稱爲「三太太」，起初衹是一句玩笑的稱呼而已，沒想到後來竟形成習慣，家裏不分老幼尊卑，都稱呼陳芸爲「三太太」，莫非這正是家庭要遭逢變故的預示嗎？

乾隆乙巳年，我跟隨父親到海寧上任。陳芸在家中的來信中給我夾帶了一封短信，父親得知後對我說：「既然你媳婦會寫字寫信，以後你母親的家信就讓她代寫吧。」後來，家中不知為何竟生出個閒話來，我母親擔心是因為陳芸寫信敘述事情的方式不妥當造成的，就不讓她再代筆寫信了。我父親發現來信不是陳芸的筆跡之後，詢問說：「你媳婦生病了？」我立即給陳芸寫信詢問，陳芸也不做任何答復。過了很長時間也沒有動靜，父親很生氣，說：「想必是你媳婦不屑於為你母親代筆寫信啊！」等到我回家之後，向妻子仔細探問，終於明白個中原委，想要向父親解釋清楚，陳芸趕緊制止我說：「我寧願讓公公責怪我，也不願意再失去婆婆的歡心。」陳芸因為這個原因竟然不肯為自己辯白。

原文

庚戌①之春，予又隨侍吾父於邗江②幕中，有同事俞孚亭者挈眷居焉。吾父謂孚亭曰：「一生辛苦，常在客中，欲覓一起居服役之人而不可得。兒輩果能仰體親意，當於家鄉覓一人來，庶語音相合。」孚亭轉述於余，密劄致芸，倩媒物色，得姚氏女。芸以成否未定，未即稟知吾母。其來也，託言鄰女之嬉遊者，及吾父命余接取至署，芸又聽旁人意見，託言吾父素所合意者。吾母見之曰：「此鄰女之嬉遊者也，何娶之乎？」芸遂並失愛於姑矣。

註釋

①庚戌：乾隆五十五年，即一七九〇年。②邗江：古代一條運河的名稱，也稱邗溝、邗溟溝。邗江就是江蘇境內自揚州市西北始，至淮安市北入淮的運河。《左傳·哀公九年》：「吳城邗，

溝通江淮。」晉杜預注：「於邗江築城穿溝，東北通射陽湖，西北至末口入淮，通糧道也，今廣陵韓江是。」

【譯文】庚戌年的春天，我又跟隨我的父親到邗江去做幕僚。同僚之中有一個名叫俞浮亭的人，是攜帶家眷一起過來任職的。父親跟俞浮亭說：「想我這一生經常客居異鄉，受盡辛苦，想要找一個來照顧自己起居飲食的人都找不到。我的兒子如果真能體會我這老人家的心意，就應該在家鄉給我尋覓一個人來照顧我，至少鄉音相同。」俞浮亭悄悄將這些話向我轉述，我立即給陳芸寫了一封密函，告訴她這件事，陳芸立即找媒婆物色人選，最後相中一位姓姚的女子。陳芸當時不知道這件事能不能成，所以就沒有立即告訴我的母親。姚氏女子來我家的時候，陳芸衹是藉口是鄰居家的

女孩子過來玩耍，等到父親讓我將姚氏女子接到邗江的時候，陳芸又聽從别人的意見，謊稱這個女子是父親很早之前就相中的人選。等到母親見到姚氏女子之後說：「這不就是來我家玩耍的鄰家女孩嗎，怎麼會娶了她呢？」母親很生氣，陳芸因此也失去了婆婆的寵愛。

【原文】壬子春，余館真州。吾父病於邗江，余往省，亦病焉。余弟啟堂時亦隨侍。芸來書曰：「啟堂弟曾向鄰婦借貸，倩芸作保，現追索甚急。」余詢啟堂，啟堂轉以嫂氏爲多事，余遂批紙尾曰：「父子皆病，無錢可償，俟啟弟歸時，自行打算可也。」未幾病皆愈，余仍往真州。芸覆書來，吾父折視之，中述啟弟鄰項事，且云：「令堂以老人之病皆由

姚姬而起，翁病稍痊，宜密囑姚託言思家，妾當令其家父母到揚接取。實彼此卸責之計也。」吾父見書怒甚，詢啟堂以鄰項事，答言不知，遂劄飭余曰：「汝婦背夫借債，讒謗小叔，且稱姑曰令堂，翁曰老人，悖謬①之甚！我已專人持劄回蘇斥逐，汝若稍有人心，亦當知過！」

註釋　①悖謬：荒謬，與常理不符。《三國志・滿寵傳》：「寵與王淩共事不平，淩支黨毀寵，疲老悖謬。」

譯文　壬子年的春天，我在真州教書。父親在邗江生病，我立即前往探視，沒想到我也生病了。我的弟弟啟堂當時也在邗江。陳芸來信說：「啟堂弟弟曾經向鄰家女子借錢，我是擔保人，現在鄰家追債追得很急。」我向啟堂詢問是否有這件事，啟堂反而說嫂子多管閒事。於是我在回信的結尾處加了一句話說：「現在我和父親都生病了，沒有錢償還，等到啟堂弟回家的時候，讓他自己解決吧。」沒過多久，我就痊癒了，病好後我仍然回到真州教書。這時陳芸又寫信過來，我父親拆看，信中講述了啟堂弟向鄰居借債的事情，同時還說：「你母親認爲公公的病都是因爲姚氏女子引起的，等到公公的病情稍微好轉的時候，你應該暗地裏告訴姚氏女子，讓她藉口自己思念家鄉，而我就會立即讓她家父母去揚州將她接回來。這實在是你我卸掉責任的權宜之計。」看完這封信，父親勃然大怒，問啟堂是否向鄰居借過錢，啟堂卻說不知道這件事，立即寫信斥責我說：「你媳婦背著你在外面借債，還嫁禍給自己的小叔子，而且稱婆婆爲令堂，稱公公爲老人，實在是荒謬至極！

我已經專門派人回蘇州將她逐出家門了，你如果還有一點良心，也應當知錯了！」

【原文】余接此劄，如聞晴天霹靂，即肅書認罪，覓騎遄歸，恐芸之短見也。到家述其本末，而家人乃持逐書至。歷斥多過，言甚決絕。芸泣曰：「妾固不合妄言，但阿翁當恕婦女無知耳。」越數日，吾父又有手諭至，曰：「我不爲已甚，汝攜婦別居，勿使我見，免我生氣足矣。」乃寄芸於外家①，而芸以母亡弟出，不願往依族中。幸友人魯半舫聞而憐之，招余夫婦往居其家蕭爽樓。越兩載，吾父漸知始末，適余自嶺南歸，吾父自至蕭爽樓謂芸曰：「前事我已盡知，汝盍歸乎？」余夫婦欣然，仍歸故宅，骨肉重圓。豈

料又有憨園之孽障耶！

【註釋】①外家：這裏是泛指，指代母親和妻子的娘家。《晉書·魏舒傳》：「（魏舒）少孤，爲外家寧氏所養。寧氏起宅，相宅者云：『當出貴甥。』外祖母以魏氏甥小而慧，意謂應之。」

【譯文】我接到這封信後，如同感到晴天霹靂一樣，立即寫信承認錯誤，同時找了一匹快馬連夜往家中趕，生怕陳芸想不開自尋短見。等我到家將事情的始末講清楚之後，父親的家人也拿著父親寫的家書趕到。父親在信中歷數陳芸的過錯，而且言語特別決絕。陳芸哭著說：「我固然不應該亂說話，但是公公應該原諒我一個婦道人家的無知。」又過了些天，父親又有手諭回來，說：「我不想做得太過分，你帶著你妻子到別的地方住吧，千萬不要讓我再看見

她，免得我更加生氣。」我衹好讓陳芸暫時回娘家居住，但是陳芸因爲家母去世，弟弟也離家出走，並不願回去投靠其他人。幸好我的朋友魯半舫得知這件事後，十分同情陳芸的遭遇，同意讓我們夫婦到他家的蕭爽樓居住。一晃過了兩年，父親逐漸知道事情的始末，恰逢我從嶺南回到家鄉，父親親自到蕭爽樓跟陳芸說：「以前的事情我已經知道原因了，你甚麼時候搬回來住啊？」我們夫妻非常高興，重新回到之前的宅子，一家人終於得以團聚。可是誰想到又出現憨園這個禍根呢！

原文

芸素有血疾，以其弟克昌出亡不返，母金氏復念子病沒，悲傷過甚所致，自識憨園，年餘未發，余方幸其得良藥。而憨爲有力者奪去，以千金作聘，且許養其母。佳人已屬沙叱利①矣！余知之而未敢言也，及芸往探始知之，歸而嗚咽，謂余曰：「初不料憨之薄情乃爾也！」余曰：「卿自情癡耳，此中人何情之有哉？况錦衣玉食②者，未必能安於荊釵布裙③也，與其後悔，莫若無成。」因撫慰之再三。而芸終以受愚爲恨，血疾大發，床席支離，刀圭④無效，時發時止，骨瘦形銷。不數年而逋負⑤日增，物議日起。老親又以盟妓一端，憎惡日甚，余則調停中立，已非生人之境矣。

註釋

①沙叱利：《太平廣記》卷四八五引唐許堯佐《柳氏傳》記載的唐代番將沙吒利倚仗自己的權勢強行霸佔韓翊美姬柳氏的故事。後人因此用「沙吒利」指強行霸佔他人妻室或強娶民婦的權

貴。②錦衣玉食：形容富足的生活。宋司馬光《訓儉示康》：「吾今日之倖，雖舉家錦衣玉食，何患不能。」③荊釵布裙：以荊枝爲釵，用粗布當裙。形容婦女簡陋寒素的服飾。《太平御覽》卷七一八引《列女傳》：「梁鴻妻孟光，荊釵布裙。」④刀圭：中藥的量器名。晉葛洪《抱朴子・金丹》：「服之三刀圭，三尸九蟲皆即消壞，百病皆愈也。」王明校釋：「刀圭，量藥具。武威漢墓出土醫藥木簡中有刀圭之稱。」⑤逋負：拖欠的賦稅或債務。《史記・汲鄭列傳》：「莊任人賓客爲大農僦人，多逋負。」《宋方勺《泊宅編》卷九：「福州一農家子張生，幼時，父使持錢三千，入山市斧柯，遇村人有爲逋負所迫欲自經者，惻然盡以所賫贈之。」

譯文 陳芸患有血液病，因爲她的弟弟克昌外出逃亡一直都杳無

音訊而病情加重。她的母親金氏也因爲思念成疾，最後竟然撒手人寰。不過，陳芸自從認識憨園以來，已經有一年多沒有發病了，我這纔感到眞的是尋得了一味良藥。然而憨園後來竟然被有權有勢的人搶走，那人用千金做聘禮，同時還承諾憨園會贍養她的母親。佳人如今已經屬於那權貴之人了！我知道這件事後，擔心陳芸傷心，一直沒有告訴她。等到陳芸前去探望憨園的時候纔得知此事，回家後哭著跟我說：「我沒想到憨園竟然如此薄情寡義啊！」我說：「是你太癡情啦，像她這樣的人哪裏來的情誼可言呢？況且過慣了錦衣玉食日子的人，未必能甘願過著荊釵布裙的日子啊，與其後來讓自己感到後悔，倒不如乾脆不那樣做。」因此我再三安慰妻子。然而，陳芸始終因爲自己受到憨園的愚弄

而悔恨不已，導致她的血液病復發，而且越來越重，到了臥床不起的地步，甚至連各種治療都沒有效果。這種病時好時壞，將陳芸折騰得骨瘦如柴。沒過幾年，陳芸的病沒好，外面的欠債卻越來越多，又趕上物價飛漲，生活頗爲艱難。母親因爲得知陳芸結交妓女這件事，對她更加厭惡了，我夾在中間兩頭調停，這實在不是活人能忍受的困境。

原文 芸生一女名青君，時年十四，頗知書，且極賢能，質釵典服，幸賴辛勞。子名逢森，時年十二，從師讀書。余連年無館，設一書畫鋪於家門之內，三日所進，不敷一日所出，焦勞困苦，竭蹶①時形。隆冬無裘，挺身而過，青君亦衣單股栗，猶強曰「不寒」。因是芸誓不醫藥。偶能起床，適

余有友人周春煦自福郡王幕中歸，倩人繡《心經》一部，芸念繡經可以消災降福，且利其繡價之豐，竟繡焉。而春煦行色匆匆，不能久待，十日告成，弱者驟勞，致增腰痠頭暈之疾。豈知命薄者，佛亦不能發慈悲也！

繡經之後，芸病轉增，喚水索湯，上下厭之。

註釋 ①竭蹶：匱乏；枯竭。

譯文 陳芸生的一個女兒取名青君，當時十四歲，自幼能讀詩書，非常賢慧能幹，平時去抵押收拾衣服換錢，都是青君操勞。陳芸還生有一個兒子名叫逢森，當時十二歲，正跟著先生讀書。我連續幾年沒有甚麼教書生意，衹好在自家門前擺起一個書畫攤慘澹經營，然而書畫攤三天賺的錢都不夠支付我們一天的花銷，辛苦勞

頓的生活搞得我焦頭爛額，經常拮据乏困。隆冬時節，沒有大衣過冬，我衹好咬著牙硬挺過去，青君也穿著單薄的衣服，明明凍得牙齒直打哆嗦，卻仍然堅強地說「不冷」。陳芸看見這種情況十分心痛，於是發誓再也不求醫問藥。偶爾陳芸精神狀態好的時候能夠下床走動，正好趕上我的朋友周春煦從福郡王府歸來，準備找人繡一部佛學經典《心經》，陳芸想到繡佛經可以消災解難，而且刺繡的報酬非常豐厚，竟然主動承擔起繡經的活計。因爲春煦不能久留，走得很急，陳芸竟然眞的在十天之內將《心經》繡好，本來就體質虛弱的陳芸因爲突然做這麽多工作，非但病情沒有好轉，反而增添了腰酸頭暈的毛病。當時又怎知道命運不濟的人，佛祖也不會發慈悲搭救的啊！

陳芸自從繡經之後，病情惡化，身體狀況更糟糕了，整日要水求湯，全家上下的人都很厭煩。

原文

有西人賃屋於余畫鋪之左，放利債爲業，時倩余作畫，因識之。友人某向渠借五十金，乞余作保，余以情難卻，允焉，而某竟挾資遠遁。西人惟保是問，時來饒舌，初以筆墨爲抵，漸至無物可償。歲底吾父家居，西人索債，咆哮於門。吾父聞之，召余訶責曰：「我輩衣冠之家，何得負此小人之債！」正剖訴間，適芸有自幼同盟姊錫山華氏，知其病，遣人問訊。堂上誤以爲憨園之使，因愈怒曰：「汝婦不守閨訓①，結盟娼妓；汝亦不思習上，濫伍小人。若置汝死地，情有不忍。姑寬三日限，速自爲計，遲必首汝逆矣！」

註釋 ①閨訓：舊時指婦女應該遵守的行爲準則。唐王維《爲王常侍祭沙陀鄯國夫人文》：「行閨訓於穹廬，成母儀於蕃國。」

譯文 有一個西域人在我畫鋪左邊租了一間房子，以放債獲取利潤爲生，偶爾會來我的畫鋪請我幫他畫畫，就這樣我們纔有機會結識。我的一個朋友向西域人借五十兩銀子，請我爲他做擔保人，我因爲礙於朋友關係而不好意思推卻，衹好答應，沒想到我的朋友竟然帶著借來的五十兩銀子遠走他鄉了。西域人衹有找我這個擔保人理論，我們經常會因此有口角之爭，開始的時候用一些畫和字抵債，到後來竟然沒有甚麼物品可以用來抵債了。年底時，我父親回到家中，西域人又來要債，在門口大聲吆喝。我父親聽到

叫喊聲，把我叫來責備說：「我們是讀書人家，你怎麼會欠了這個西域小人的債呢？」我剛想解釋事情原委的時候，恰巧陳芸小時候的金蘭姐妹錫山華氏聽說陳芸生病，派人前來問候。父母誤以爲是憨園差來的使者，因此更加憤怒，說道：「你媳婦不恪守婦道人家的行爲準則，竟然與青樓妓女結拜爲姐妹；你也不思進取，與西域小人爲伍。如果把你們置於死地，礙於骨肉之情我又有所不忍，姑且給你們三天時間，趕緊自己想辦法解決，晚了一定會去衙門告你們不孝之罪！」

原文 芸聞而泣曰：「親怒如此，皆我罪孽！妾死君行，君必不忍；妾留君去，君必不捨。姑密喚華家人來，我強起問之。」因令青君扶至房外，呼華使問曰：「汝主母特遣

來耶？抑便道來耶？」曰：「主母久聞夫人臥病，本欲親來探望，因從未登門，不敢造次①。臨行囑咐：『倘夫人不嫌鄉居簡褻②，不妨到鄉調養，踐幼時燈下之言。』」蓋芸與同繡日，曾有疾病相扶之誓也。因囑之曰：「煩汝速歸，稟知主母，於兩日後放舟密來。」其人既退，謂余曰：「華家盟姊情逾骨肉，君若肯至其家，不妨同行，但兒女攜之同往既不便，留之累親又不可，必於兩日內安頓之。」

註釋 ①造次：隨便；輕率。唐韓愈《學諸進士作精衛銜石填海》詩：「人皆譏造次，我獨賞專精。」②簡褻：態度怠慢而不恭敬；輕慢無禮。明吾丘瑞《運甓記·剪髮延賓》：「小弟聊備杯酒，爲兄解寒，祇是荒齋簡褻，萬勿督過便了。」

譯文 陳芸聽說這件事之後哭著說：「公公婆婆生這麼大的氣，都是我的罪孽啊！如果我死了你活著，你一定會不忍心；如果我留下你出走，你也一定不會放心。這樣吧，你悄悄幫我將華家的差人叫過來，我支撐著起來問問他。」於是陳芸讓青君將自己扶到客房，叫來華家使者詢問道：「是你家女主人特地差遣你過來的，還是出門辦事順道過來探望？」僕人說道：「我家女主人早就聽說夫人臥病在床，本來想親自前來探望，但是從來沒有登門拜訪過所以唯恐不妥。我在臨行之前女主人囑咐說：『倘若夫人不嫌棄鄉下條件簡陋，不妨到鄉下調養生息，也是實現小時候二人在燈下說過的誓言啊。』」原來，當初陳芸與華夫人一同學習刺繡的時候，二人感情甚篤，曾經許下誓言，如果一方有難，另一方必定竭力扶持幫助。陳芸聽説，囑咐僕人説：「勞煩你速速歸家，告訴你家女主人，在兩日之後派船悄悄來接我。」那人退下後，陳芸跟我説：「華夫人與我情同姐妹，你如果願意跟我一起去她家，不妨與我同行吧。祇是如果將一雙兒女一同帶去，恐怕會有所不便，但是留在家中又唯恐給雙親添麻煩，因此一定要在這一兩天的時間裏將他們安頓好。」

原文 時余有表兄王藎臣一子名韞石，願得青君爲媳婦。芸曰：「聞王郎懦弱無能，不過守成之子，而王又無成可守。幸詩禮之家，且又獨子，許之可也。」余謂藎臣曰：「吾父與君有渭陽①之誼，欲媳青君，諒無不允。但待長而嫁，勢所不能。余夫婦往錫山后，君即稟知堂上，先爲童媳，何如？」藎臣喜曰：「謹如命。」逢森亦託友人夏揖山轉薦學貿易。

註釋 ①渭陽：《詩・秦風・渭陽》：「我送舅氏，曰至渭陽。」朱熹集傳：「舅氏，秦康公之舅，晉公子重耳也。出亡在外，穆公召而納之。時康公爲太子，送之渭陽而作此詩。」後來用「渭陽」來表示甥舅情誼。

譯文 當時，我有一個名叫王藎臣的表兄，表兄家有一個兒子名叫韞石，韞石願意娶青君爲妻。陳芸知道後説：「我聽説王公子性情懦弱，沒有太多的才能，祇是一個能守成的孩子，可是王家現在又沒甚麼現成的基業可守。幸好王家是詩書禮儀之家，而且韞石又是王藎臣的獨生子，可以把青君許配給他。」我跟王藎臣説：

「我的父親與你有舅甥之誼，你想要娶青君做兒媳婦，估計他們也不會反對。但是如果想要等到青君長大了再娶過門，就現在的形勢看恐怕不可能。我們夫婦前往錫山后，還請你去告知我的父母，願意將青君帶過去做童養媳，這樣可以嗎？」王藎臣聽後大喜說：「一定聽從你的安排。」至於小兒逢森，我也已經託付給朋友夏揖山，讓他幫忙推薦去學習經商。

原文 安頓已定，華舟適至，時庚申之臘二十五日也。芸曰：「子然出門，不惟招鄰里笑，且西人之項無著，恐亦不放，必於明日五鼓悄然而去。」余曰：「卿病中能冒曉寒耶？」芸曰：「死生有命，無多慮也。」密禀吾父，亦以爲然。是夜先將半肩行李挑下船，令逢森先臥。青君泣於母側，芸囑曰：「汝母命苦，兼亦情癡，故遭此顛沛①，幸汝父待我厚，此去可無他慮。兩三年內，必當佈置重圓②。汝至汝家須盡婦道，勿似汝母。汝之翁姑以得汝爲幸，必善視汝。所留箱籠什物，盡付汝帶去。汝弟年幼，故未令知，臨行時託言就醫，數日即歸，俟我去遠告知其故，禀聞祖父可也。」

註釋 ①顛沛：挫折困頓。《論語・里仁》：「君子無終食之間違仁，造次必於是，顛沛必於是。」《警世通言・桂員外途窮懺悔》：「桂員外今日雖然顛沛，還有些餘房剩産，變賣得金銀若干。」②重圓：重新團圓。

譯文 將子女都安頓好後，剛好華家的船隻也到了，當時是庚申年臘月二十五日。陳芸說：「我們子然一身出遠門，不僅會遭到鄰居的嘲笑，同時西域人的欠款尚無著落，如果被他發現，一定不會讓我們走的，所以我們一定要在明天五更天的時候悄悄離開。」我說：「你正在生病，怎麼能受得了清晨的寒氣呢？」陳芸說：「生死自有天命，不要擔心太多了。」我悄悄向父親稟報這件事，父親也認爲應該這樣做。當天晚上，我們先將半擔行李挑到船上，讓逢森先躺下睡覺了。青君在陳芸旁邊哭泣著，陳芸囑咐青君說：「你母親命苦，加上又太癡情，所以纔遭受顛沛流離之苦，幸好你的父親待我不薄，我這一去也沒有甚麼其他的憂慮了。兩三年內，一定會安排機會與你們重新團聚。你到了婆婆家務必要盡一個媳婦應盡的職責，不要像你的母親這樣。你的公公婆婆都以能夠娶到你這樣的兒媳婦爲幸事，所以一定會善待你的。我留下的箱籠物品你都

帶去婆家吧。你弟弟年紀小，因此並沒有讓他知道這件事，我們臨走的時候就藉口告訴他是外出就醫，數日即歸，等到我們都走遠了之後你再告訴他事情的真相吧，然後向你的祖父稟報就可以了。」

原文 旁有舊嫗，即前卷中曾貸其家消暑者，願送至鄉，故是時陪侍在側，拭淚不已。將交五鼓，暖粥共啜之。芸強顔笑曰：「昔一粥而聚，今一粥而散，若作傳奇①，可名《喫粥記》矣！」逢森聞聲亦起，呻曰：「母何爲？」芸曰：「將出門就醫耳。」逢森曰：「起何早？」曰：「路遠耳。汝與姊相安在家，毋討祖母嫌。我與汝父同往，數日即歸。」雞聲三唱，芸含淚扶嫗，啟後門將出，逢森忽大哭曰：「噫，我母不歸矣！」

青君恐驚人，急掩其口而慰之。當是時，余兩人寸腸已斷，不能復作一語，但止以「勿哭」而已。青君閉門後，芸出巷十數步，已疲不能行，使嫗提燈，余背負之而行。將至舟次，幾爲邏者所執，幸老嫗認芸爲病女，余爲婿，且得舟子皆華氏工人，聞聲接應，相扶下船。解維後，芸始放聲痛哭。是行也，其母子已成永訣矣！

註釋 ①傳奇：古時一種小說的體裁。一般指唐宋人用文言寫作的短篇小說。傳奇起源於六朝「志怪」，而內容由最初的奇人異事的記敘擴展到人情世態和社會生活的描寫。如《南柯太守傳》、《李娃傳》等。唐傳奇多爲後代說唱和戲劇提供了腳本，故宋元戲文、諸宮調、元人雜劇等也有稱爲傳奇的。

譯文 我們旁邊還有一位舊時相識的老婦，就是前面一卷中所說的，我們曾經租她家房屋消暑避夏的人，她願意送我們到鄉下，因此一直在旁邊陪伴著，聽到陳芸說這些的時候，早已經淚流滿面。快到五更天的時候，熱了粥我們一起食用。陳芸強作歡笑說：「當初我們是因爲一碗粥得以相聚，如今我們又用一碗粥來作別，如果要寫一本傳奇的話，名字應該就叫《喫粥記》吧！」這時，逢森聽見聲音也起床了，睡眼惺忪地問陳芸：「母親，你們這是要做甚麼？」陳芸說：「你父親陪我外出就醫罷了。」逢森又問：「爲甚麼起這麼早？」陳芸說：「路途遙遠而已。你和你姐姐好好在家等著，不要惹祖母嫌棄。我與你的父親一同前往，過些天就回來了。」公雞已經打鳴三聲了，陳芸含著眼淚在老嫗的攙扶下準備從後門出去。逢森忽然大哭著說道：「啊！母親不會回來了！」青君擔心逢森的哭聲會驚醒其他人，趕緊一邊捂住他的嘴一邊好言安慰。那個時候，我和妻子兩個人早已肝腸寸斷，不能說出一句完整的話，衹能說出「不要哭」而已。青君掩上後門後，陳芸走出巷子十幾步，就疲憊得寸步難行，衹好讓老婦人提著燈籠，我背著她行走。快到碼頭的時候，險些被巡夜的人抓起來，幸好老婦人說陳芸是她生病的女兒，我是她的女婿，而且開船的人都是華家的家人，聽見聲音也走出碼頭前來接應，這纔讓我們得以脱身。在大家的攙扶下，我和陳芸終於上了船。等到纜繩解開後，陳芸終於失聲痛哭。沒想到這次出行，竟然成了他們母子之間的永别！

原文

華名大成，居無錫之東高山，面山而居，躬耕爲業，人極樸誠，其妻夏氏，即芸之盟姊也。是日午未之交，始抵其家。華夫人已倚門而待，率兩小女至舟，相見甚歡，扶芸登岸，款待慇懃。四鄰婦人孺子鬨然入室，將芸環視，有相問訊者，有相憐惜者，交頭接耳，滿屋啾啾。芸謂華夫人曰：「今日真如漁父入桃源矣！」華曰：「妹莫笑，鄉人少所見多所怪耳。」自此相安度歲。

至元宵，僅隔兩旬而芸漸能起步，是夜觀龍燈於打麥場中，神情態度漸可復元。余乃心安，與之私議曰：「我居此非計，欲他適而短於資，奈何？」芸曰：「妾亦籌之矣。君姊丈范惠來現於靖江鹽公堂司會計，十年前曾借君十金，適數不敷，妾典釵湊之，君憶之耶？」余曰：「忘之矣。」芸曰：「聞靖江去此不遠，君盍一往？」余如其言。

【譯文】華夫人的丈夫名叫大成，住在無錫的東高山，華氏一家面山而居，以躬耕壟畝爲生，爲人非常樸實坦誠，他的妻子夏氏，就是陳芸義結金蘭的好姐妹。當天午後，我們纔到達他家。華夫人早就帶著兩個小女兒在門口焦急地等待著，看到我們之後，趕緊到船上迎接，姐妹二人相見甚歡，華夫人攙扶著陳芸上了岸，款待得十分周到。周圍的婦人看見有生人來訪，也都帶著孩子一起來到華家，華家一時之間十分熱鬧，大家圍著陳芸仔細觀看，有人向陳芸問候，也有人對陳芸的病情表示憐惜，滿屋子嘈雜的聲音久久不能平靜。陳芸跟華夫人說：「今天真像打魚的漁夫進了世外桃源一樣啊！」華夫人說：「妹妹不要見笑，這都是鄉下人，鄉下人見識少，所以看見甚麼都覺得新奇。」此後平平安安地度過了年關。到正月十五，祇過了兩旬，陳芸的身體就逐漸恢復，已經能下床走路了，晚上在打麥場裏看龍燈的時候，從她的神情舉止上可以看出她已經復原了。我心裏這纔感到踏實，於是與她暗地裏商量說：「我在這一直待著也不是長久之計，我想看看有沒有甚麼其他的辦法，你覺得怎麼樣？」陳芸說：「我也在考慮這個問題。你姐姐的丈夫范惠現在在靖江鹽公堂擔任會計一職，十年前他曾經向你借過十兩銀子，當時正趕上我們也比較拮据，我就將珠釵典當了來湊齊十兩銀子借給他，你還記得這件事麼？」我說：「不記得了。」陳芸說：「我聽說靖江距離此地不遠，你爲甚麼不去靖江一趟呢？」我按照她所說的，前往靖江了。

原文

時天頗暖，織絨袍嗶嘰短褂猶覺其熱，此辛酉正月十六日也。是夜宿錫山客旅，賃被而臥。晨起趁江陰航船，一路逆風，繼以微雨。夜至江陰江口，春寒徹骨，沽酒禦寒，囊爲之罄。躊躇終夜，擬卸襯衣質錢而渡。十九日北風更烈，雪勢猶濃，不禁慘然淚落，暗計房資渡費，不敢再飲。正心寒股栗間，忽見一老翁草鞋氈笠負黃包，入店，以目視余，似相識者。余曰：「翁非泰州曹姓耶？」答曰：「然。我非公，死填溝壑矣！今小女無恙，時誦公德。不意今日相逢，何逗留於此？」蓋余幕泰州時有曹姓，本微賤，一女有姿色，已許婿家，有勢力者放債謀其女，致涉訟①，余從中調護，仍歸所許，曹即投入公門爲隸，叩首作謝，故識之。余告以投親遇雪之由，曹曰：「明日天晴，我當順途相送。」出錢沽酒，備極款洽。

註釋

①涉訟：即打官司；也指牽進訟事之中。《二十年目睹之怪現狀》第七七回：「那時我恰好在揚州有事，知道鬧出這個亂子，便一面打電報給他，一面代他排解，費了九牛二虎之力，把這件事弄妥了，未曾涉訟。」

譯文

我去的時候天氣已經很暖和了，穿著織絨衣衫和嗶嘰短褂仍然會覺得很熱，當時是辛酉年正月十六。當天晚上我住在錫山的一家旅館裏，被子是租來的。早上起來登山前往江陰的渡船，一路上都逆著風還下著小雨。夜晚時纔到達江陰江口，春天的寒氣透徹骨髓，我衹好買了些酒來禦寒，買完酒之後，兜裏就沒錢了。

我想著怎樣渡過這個寒冷的晚上，準備將襯衣典當，用換來的錢過夜，到了十九日北風更加猛烈，積雪很厚，我不禁慘然落下淚來，暗自計算房費、渡江費用，再不敢買酒禦寒了。正在我打著哆嗦寒冷無比的時候，忽然看見一個穿著草鞋，帶著氈笠，背著黃包的老者來到店裏，那老者一直看著我，好像似曾相識。我說：「您莫非是泰州曹老？」老者回答說：「正是在下！我如果沒有你的幫助，恐怕早就死了被人埋了！現在小女得以平安無恙，經常會說起你的恩惠。沒想到今天在這裏相逢，你爲甚麼會來這裏呢？」原來是之前我在泰州做幕僚的時候，有一個姓曹的人，出身寒微，卻有一個長得很漂亮的女兒，當時女兒已經許配人家，但是一個放債的有勢力的人想要霸佔他的女兒，因此引起一場官司糾紛，

我在中間進行調解，最後將女兒仍然嫁給之前許配的人，曹老也得以來到衙門當差，還特地向我叩頭感謝，因此纔互相認識。我告訴他我是去投奔親戚卻遭遇到大雪的事情。曹老說：「等明天天晴的時候，正好順路可以送你。」曹老還出錢請我飲酒，款待得十分周到。

原文 二十日曉鐘初動，即聞江口喚渡聲，余驚起，呼曹同濟。曹曰：「勿急，宜飽食登舟。」乃代償房飯錢，拉余出沽。余以連日逗留，急欲趕渡，食不下嚥，強啖麻餅兩枚。及登舟，江風如箭，四肢發戰。曹曰：「聞江陰有人縊於靖，其妻雇是舟而往，必俟雇者來始渡耳。」枵腹①忍寒，午始解纜。至靖，暮煙四合矣。曹曰：「靖有公堂兩處，

所訪者城內耶？城外耶？」余踉蹌隨其後，且行且對曰：「實不知其內外也。」曹曰：「然則且止宿，明日往訪耳。」進旅店，鞋襪已爲泥淤濕透，索火烘之，草草飲食，疲極酣睡。晨起，襪燒其半，曹又代償房飯錢。訪至城中，惠來尚未起，聞余至，披衣出，見余狀驚曰：「舅何狼狽至此？」余曰：「姑勿問，有銀乞借二金，先遣送我者。」惠來以番餅②二圓授余，即以贈曹。曹力卻，受一圓而去。

註釋 ①枵腹：空腹。祇因很久沒喫東西而感到飢餓。唐康駢《劇談錄·嚴士則》：「士則具陳奔馳陟歷，資糧已絕，迫於枵腹，請以飲饌救之。」②番餅：外幣俗稱，舊時指對流入我國的外國銀元。

譯文 正月二十日剛剛亮天，就聽見江口擺渡人的吆喝聲。我趕緊起床，叫曹老與我一同渡船。曹老說：「別著急，喫完飯再坐船比較好。」於是又替我支付房費和飯費，拉著我出去喝酒。我因爲已經在這裏逗留了幾日，急著渡船，因此連飯也喫不下，勉強喫了兩張麻餅。等到上船之後，江風陣陣，我竟然開始四肢打戰。曹老說：「我聽說江陰有人吊死在靖江，他的妻子雇了這條船前往靖江，一定要等到雇主來了纔能開船。」我強忍飢餓等待著，一直到中午纔解開纜繩。我到達靖江的時候，已經是傍晚時分了。曹老說：「靖江有兩處公堂，你要找的人是在城內還是城外的公堂？」我勉強邁步跟在他後面，一邊走一邊對他說：「我真的不知道是在城內還是城外。」曹老說：「既然這樣，我們就先找個地方住宿吧，等到明天再去尋找拜訪。」來到旅店後，發現鞋襪都已經被淤泥濕透了，於是要來炭火烘烤鞋襪，隨便喫了一口飯，因爲太過疲倦就睡著了。等到早晨起床的時候，發現襪子被火燒了一半。曹老又替我支付了房錢和飯錢。來到城內的公堂時，惠來還沒有起床，聽說我到了，披著衣服出來相見，看見我的樣子驚訝地說：「小舅子你怎麼狼狽成這樣？」我說：「你先不管這些，有銀子嗎，先借我二兩，給送我來這裏的人。」惠來趕緊拿出番銀兩圓給我，我立即將兩圓送給曹老。曹老再三拒絕，在我的強烈要求下，最後拿了一圓離開。

原文 余乃歷述所遭，並言來意。惠來曰：「郎舅至戚，即無宿逋①，亦應竭盡綿力。無如航海鹽船新被盜，正當盤帳之時，不能挪移豐贈，當勉措番銀二十圓以償舊欠，何如？」余本無奢望，遂諾之。留住兩日，天已晴暖，即作歸計。二十五日仍回華宅。芸曰：「君遇雪乎？」余告以所苦。因慘然曰：「雪時，妾以君爲抵靖，乃尚逗留江口。幸遇曹老，絕處逢生，亦可謂吉人天相矣！」越數日，得青君信，知逢森已爲揖山薦引入店，蓋臣請命於吾父，擇正月二十四日將伊接去。兒女之事粗能了了，但分離至此，令人終覺慘傷耳。

註釋 ①宿逋：拖欠已久的稅賦或債務。唐杜牧《吏部尚書崔公行狀》：「民有宿逋不可減於上供者，必代而輸之。」

譯文 我將我路途上的遭遇跟他講述了一遍，並且說明此番來意。惠來說：「小舅子是最親近的親戚，就算是沒有過去的欠債，我也會竭盡全力幫助你的。衹是，近來航海鹽船被盜，現在正趕上出賬時候，不能給你拿太多，先勉強湊夠番銀二十圓，用這個來抵償我欠下的舊債，你看這樣可以嗎？」我本來就沒有過分的要求，於是就答應了。我在靖江住了兩天，天氣轉暖的時候，就準備回去了。正月二十五日，我又回到華宅。陳芸說：「你遇到大雪天氣了嗎？」我將路途上所遭的辛苦都跟她說了一遍。陳芸心疼地說：「下雪的時候，我以爲你已經到靖江了呢，原來還在江口逗留。幸好遇見了曹老，絕處逢生，真可以說是吉人自有天相啊！」過了些天，我們收到青君的來信，知道逢森已經被好友揖山推薦到店裏了，王藎臣也已經向我的父親請示，準備正月二十四那天將青君接過去。兒女的事情算是暫時安頓好了，但是一家人如此分散各地，始終令人感到感傷。

原文

二月初，日暖風和，以靖江之項薄備行裝，訪故人胡肯堂於邗江鹽署，有貢局衆司事[1]公延入局，代司筆墨，身心稍定。至明年壬戌八月，接芸書曰：「病體全瘳，惟寄食於非親非友之家，終覺非久長之策了，願亦來邗，一睹平山之勝。」余乃賃屋於邗江先春門外，臨河兩椽，自至華氏接芸同行。華夫人贈一小奚奴[2]曰阿雙，幫司炊爨[3]，並訂他年結鄰之約。

時已十月，平山淒冷，期以春遊。滿望散心調攝[4]，徐圖骨肉重圓。不滿月，而貢局司事忽裁十有五人，余系友中之友，遂亦散閑。芸始猶百計代余籌畫，強顏慰藉[5]，未嘗稍涉怨尤。

註釋 ①司事：官署中低級吏員或公所、會館等團體中管理賬目或雜務人員的稱呼。②奚奴：《周禮・天官・序官》：「奚三百人。」漢鄭玄注：「古者從坐男女沒入縣官爲奴，其少才知以爲奚，今之侍史官婢。或曰：奚，官女。」此後「奚奴」指代奴僕。③炊爨：燒火煮飯。南朝宋劉義慶《世說新語・德行》：「（祖訥）性至孝，常自爲母炊爨作食。」④調攝：調理保養。宋朱熹《答呂子約書》：「今幸平復，而又自能過意調攝，尤副所望。」⑤慰藉：安慰；撫慰。宋范成大《次韻耿時舉苦熱》：「荷風拂簟昭蘇我，竹月篩窗慰藉君。」

譯文 二月初，風和日麗，我用從靖江拿回的錢簡單置備了些行裝，到邗江鹽署去拜訪老朋友胡肯堂，他在管理鹽政的衙門裏給我謀取了一個職位，幫助寫一些文案等，找到工作後，心思纔逐漸平靜下來。到第二年八月時，我收到妻子陳芸的一封信，信中說：「我的病基本已經痊癒，衹是整日寄居在別人家，始終覺得不是長久之計，我也想來邗江，可以看看平山的風景名勝。」我立即在邗江先春門外的河邊租賃了兩間房屋，又親自到華家將陳芸接過來。臨行前華夫人還送給我們一個叫阿雙的小奴婢，用來幫我們燒火做飯，並且與她許下來年結成鄰居的盟約。

當時已經十月份了，平山陰冷，所以衹能等待來年春天再去遊覽。還滿心期待妻子好好調養，我努力工作，然後慢慢同子女團聚。沒想到不到一個月，鹽政衙門忽然裁員，總共裁了十五個人，我是朋友的朋友，所以被辭退了。陳芸千方百計替我籌畫，表面上卻強顏歡笑地安慰我，從來不曾有過任何抱怨。

原文 至癸亥仲春，血疾大發。余欲再至靖江作「將伯①」之呼，芸曰：「求親不如求友。」余曰：「此言雖是，親友雖關切，現皆閒處，自顧不遑。」芸曰：「幸天時已暖，前途可無阻雪之慮，願君速去速回，勿以病人爲念。君或體有不安，妾罪更重矣！」時已薪水不繼，余佯爲雇騾以安其心，實則囊餅徒步，且食且行。向東南，兩渡叉河，約八九十里，四望無村落。至更許，但見黃沙漠漠，明星閃閃，得一土地祠，高約五尺許，環以短牆，植以雙柏，因向神叩首，祝曰：「蘇州沈某投親失路至此，欲假神祠一宿，幸神憐佑！」於是移小石香爐於旁，以身探之，僅容半體。以風帽反戴掩面，坐半身於中，出膝於外，閉目靜聽，微風蕭蕭而已。足疲神倦，昏然睡去。

註釋 ①將伯：《詩·小雅·正月》：「將伯助予。」毛傳：「將，請也；伯，長也。」孔穎達疏：「請長者助我。」後來用「將伯」指別人對自己的幫助或向人求助。清蒲松齡《聊齋志異·連瑣》：「將伯之助，義不敢忘。」

譯文 到癸亥年春天，陳芸的血液病嚴重發作。我想要再去靖江找姐夫求救，陳芸說：「求親不如求友啊。」我說：「話是這麼說，我的朋友雖然很熱心幫忙，但是他們也都是賦閒在家，自顧不暇。」陳芸說：「幸好現在天氣已經轉暖，這次去不會再有大雪阻撓的擔憂了，你一定要速去速回，不用掛念我。如果你有甚麼不測，我的罪孽就更深重了！」當時我們的生活費已經不多了，我假裝雇了騾馬出行，讓妻子安心等候，實際上自己帶著點乾糧步行去靖江。我一直向東南走，渡過兩條河，大約走了八九十里地，始終沒看見一個村落。到了夜間，衹看見一片金黃色的沙漠，天上星星一閃一閃地，我看見一個土地廟，大約有五尺多高，周圍砌著短牆，種著松樹和柏樹，我向廟中的土地公公叩頭說：「在下蘇州沈某，投親路上迷失方向來到此地，想要在貴神祠借宿一宿，多謝神明保佑！」然後將小石香爐移到旁邊，將身子伸進去試探，發現僅能容下半個身子，於是將擋風的帽子反過來擋在臉上，半個身子坐在神祠中，膝蓋及腳伸出神祠外，閉上眼睛靜靜聆聽，微風陣陣。路走得太遠早已疲憊不堪，很快就睡著了。

原文

及醒，東方已白，短牆外忽有步語聲，急出探視，蓋土人趕集經此也。問以途，曰：「南行十里即泰興縣城，穿城向東南十里一土墩，過八墩即靖江，皆康莊[1]也。」余乃反身，移爐於原位，叩首作謝而行。過泰興，即有小車可附。申刻抵靖。投刺[2]焉。良久，司閽者曰：「范爺因公往常州去矣。」察其辭色，似有推託，余詰之曰：「何日可歸？」曰：「不知也。」余曰：「雖一年亦將待之。」閽者會余意，私問曰：「公與范爺嫡郎舅耶？」余曰：「苟非嫡者，不待其歸矣。」閽者曰：「公姑待之。」越三日，乃以回靖告，共挪二十五金。

【註釋】①康莊：四通八達的大道，故有康莊大道的說法。②投刺：投遞名帖。唐孟郊《送李觀韓愈別兼獻張徐州》詩：「禰生投刺遊，王璨吟詩謁。」

【譯文】等到醒來的時候，東方已經泛起魚肚白，忽然聽見短牆外有腳步聲和說話聲，趕緊出來探視，原來是去趕集的當地人路經此地。我趕緊向他們問路，當地人說：「向南走十里就是泰興縣城，穿過縣城向東南走，每十里可以看見一個土墩，過了八個土墩之後，都是寬敞的大道，那就是靖江了。」我重新回到神祠中，將小石香爐放回原位，又跪謝辭別。過了泰興城，就有可以搭坐的小車了。下午到了靖江鹽署之後，我遞上名帖請求通報。過了很久，守門人回來說：「范爺因公事到常州出差了。」我留心觀察他的神色，發現他是故意推託，我立即追問：「甚麼時候回來？」守門人說：「不知道。」我說：「就算是一年再回來我也在這等他。」守門者知道我不會走，悄悄問：「你真的是范爺的親小舅子？」我說：「如果不是嫡親的，我纔不會在這等他。」守門人聽後，說道：「暫且按照嫡親來招待吧。」三天后，我被告知范惠來回到靖江，一共借給我二十五兩銀子。

【原文】雇騾急返，芸正形容慘變，咻咻涕泣。見余歸，卒然曰：「君知昨午阿雙捲逃乎？倩人大索，今猶不得。失物小事，人系伊母臨行再三交託，今若逃歸，中有大江之阻，已覺堪虞，倘其父母匿子圖詐，將奈之何？且有何顏見我盟姊？」余曰：「請勿急，卿慮過深矣。匿子圖詐，詐其富有也，我夫婦兩肩擔一口耳，況攜來半載，授衣分食，從未稍加撲責，鄰里咸知。此實小奴喪良，乘危竊逃。華家盟姊贈以匪人，彼無顔見卿，卿何反謂無顔見彼耶？今當一面呈縣立案，以杜後患可也。」芸聞余言，意似稍釋。然自此夢中囈語，時呼「阿雙逃矣！」或呼「憨何負我？」病勢日以增矣。

譯文

我雇來騾子急忙返回家中，看見陳芸面色更加淒慘，並且不停地哭泣。看見我回來，急著說道：「你知道昨天中午阿雙帶著東西逃跑的事情嗎？我求人四處尋找，到現在也沒找到。丟了東西是小事，她母親臨行前再三叮囑，將阿雙交給我，讓我好生照顧，如今她要是往家裏跑，中間隔著一條大江，想要找到她很

困難。萬一她的父母將她藏起來然後再敲詐我們，我們該怎麼辦呢？況且我還有甚麼臉面見與我有金蘭之義的姐妹呢？」我說：「你千萬不要著急，你多慮了。他們真想要敲詐，也會選擇一個家境殷實的人家，我們夫妻二人衹剩下一副肩膀上扛著一顆頭罷了。況且她來這半年裏，我們對她不薄，從沒有責備過她，這是鄰居有目共睹的事情。這實在是阿雙沒有良心，在我們危難的時候偷東西逃跑。華家姐妹將這樣的賊人送給你，應該是她沒有臉面見你纔對啊，怎麼反倒是你沒顔面見她呢？現在應該立即去縣衙裏報案，這樣就可以杜絕後患了。」陳芸聽了我的話，這纔稍感釋懷。但是，此後說夢話經常呼喊「阿雙逃跑了！」或者說「憨園你爲甚麼要負我？」病情一天天惡化。

原文 余欲延醫診治，芸阻曰：「妾病始因弟亡母喪，悲痛過甚，繼爲情感，後由忿激，而平素又多過慮，滿望努力做一好媳婦，而不能得，以至頭眩、怔忡①諸症畢備，所謂病入膏肓，良醫束手，請勿爲無益之費。憶妾唱隨②二十三年，蒙君錯愛，百凡體恤③，不以頑劣見棄，知己如君，得婿如此，妾已此生無憾！若布衣暖，菜飯飽，一室雍雍，優遊泉石，如滄浪亭、蕭爽樓之處境，真成煙火神仙矣。神仙幾世纔能修到，我輩何人，敢望神仙耶？強而求之，致干造物之忌，即有情魔之擾。總因君太多情，妾生薄命耳！」

註釋 ①怔忡：中醫病名。患此病者表現爲心臟劇烈跳動。《紅樓夢》第七十回：「弄的情色若癡，語言常亂，似染怔忡之病。」②唱隨：即「夫唱婦隨」的簡略說法。比喻夫妻之間相處和睦。明高明《琵琶記·幾言諫父》：「若重唱隨之義，當盡定省之儀。」③體恤：設身處地爲人著想，給以同情、照顧。清戴名世《左忠毅公傳》：「陛下如天之度，宜無所不包涵；先帝在天之遺愛，宜無所不體恤。」《太平天國資料·天王詔旨》：「朕格外體恤民艱，於爾民應徵錢漕正款，今(令)該地佐將酌減若干。」

譯文 我想要請大夫爲她診治，陳芸阻止我說：「我的病是由於弟弟逃亡，母親病歿而過於悲慟引起的，後來是因爲太重感情，感到激動、憤恨而病情加重。加上我平時又向來多慮，總希望自己能做個好媳婦，可是始終沒有實現，到現在頭暈、心悸，各種病症一應俱全，這就是所說的病入膏肓，就算是再好的醫生也都束手無策，所以就不要再做不必要的浪費了。回想我嫁給你這二十三年，承蒙你的錯愛和百般體恤，從來不曾因為我的頑劣而拋棄我。我找到一個像你這樣的如意郎君，這一輩子都沒有甚麼遺憾了！想到我們穿著布衣，喫著粗茶淡飯，在泉石邊遊玩，在滄浪亭、蕭爽樓裏過著與世無爭的日子，真是如同不食人間煙火的神僊眷侶。神僊還要幾生幾世纔能修到，我們這些凡夫俗子又怎麼敢與神僊相比呢？如果過分強求，就會有違上天禁忌，會被情感的魔鬼擾亂身心。你對我如此多情，我祇能怪自己命薄福淺啊！」

原文 因又嗚咽而言曰：「人生百年，終歸一死。今中道相離，忽焉長別，不能終奉箕帚、目睹逢森娶婦，此心實覺耿耿。」言已，淚落如豆。余勉強慰之曰：「卿病八年，懨懨①欲絕者屢矣，今何忽作斷腸語耶？」芸曰：「連日夢我父母放舟來接，閉目即飄然上下，如行雲霧中，殆魂離而軀殼存乎？」余曰：「此神不守舍，服以補劑，靜心調養，自能安痊。」芸又欷歔曰：「妾若稍有生機一線，斷不敢驚君聽聞。今冥路已近，苟再不言，言無日矣。君之不得親心，流離顛沛，皆由妾故，妾死則親心自可挽回，君亦可免牽掛。堂上春秋②高矣，妾死，君宜早歸。如無力攜妾骸骨歸，不妨暫厝於此，待君將來可耳。願君另續德容兼備者，以奉雙親，撫我遺子，妾亦瞑目矣。」言至此，痛腸欲裂，不覺慘然大慟。

註釋 ①懨懨：精神委靡貌。亦用以形容病態。唐劉兼《春晝醉眠》

的孩子撫養長大，我就算是死也瞑目了。」說到這裏時，我們夫妻二人肝腸寸斷，不禁慟哭起來。

原文 余曰：「卿果中道相舍，斷無再續之理，況『曾經滄海難爲水，除卻巫山不是雲』耳。」芸乃執余手而更欲有言，僅斷斷續續疊言「來世」二字，忽發喘口噤，兩目瞪視，千呼萬喚已不能言。痛淚兩行，涔涔流溢。既而喘漸微，淚漸乾，一靈縹緲，竟爾長逝！時嘉慶癸亥三月三十日也。當是時，孤燈一盞，舉目無親，兩手空拳，寸心欲碎。綿綿此恨，曷其有極！承吾友胡肯堂以十金爲助，余盡室中所有，變賣一空，親爲成殮。

嗚呼！芸一女流，具男子之襟懷才識。歸吾門後，余日奔

走衣食，中饋缺乏，芸能纖悉不介意。及余家居，惟以文字相辯析而已。卒之疾病顛連，齎恨以沒，誰致之耶？余有負閨中良友，又何可勝道哉！奉勸世間夫婦，固不可彼此相仇，亦不可過於情篤。語云「恩愛夫妻不到頭」，如余者，可作前車之鑒也！

譯文 我說：「你要是真的中途去了，我絕對不會再娶，何況『曾經滄海難爲水，除卻巫山不是雲』。」陳芸握著我的手好像有話要說，但是衹是不斷地重復「來世」二字，忽然加重喘息，口不能言，兩個眼睛發直，我聲聲呼喚，她卻連句話也說不出來。衹看見她的呼吸漸漸微弱了，眼淚也仿佛流乾了，靈魂縹緲離去，就這樣與我陰陽兩隔了！當時是癸亥年三月三十日。此後，我將孑然一身，唯

有一盞孤燈做伴，舉目無親，赤手空拳，想起妻子頓時寸心如碎。這綿長的痛苦和思念，到何時纔是個盡頭！承蒙朋友胡肯堂的幫助，借給我十兩銀子，加上我將家中所有的東西都變賣掉，親自爲陳芸辦理了後事。

啊！想陳芸一介女流之輩，竟然具有男子一樣的胸襟和才識。嫁到我家後，我每天爲衣食奔走，時常會捉襟見肘，可是陳芸卻從來沒有任何怨言。和我在家過日子，祇能互相用文字安慰罷了。她的生命又在顛沛流離結束，在怨恨中結束，這些都是誰導致的結果？我實在是愧對我的妻子，愧疚之情根本無法用語言表達！我奉勸世上的所有夫妻：雖然雙方不能反目爲仇，卻也一樣不要用情太深。有句古話說：「恩愛夫妻不到頭」，像我這樣的情況，就是前車之鑒啊！

原文 回煞①之期，俗傳是日魂必隨煞而歸，故房中鋪設一如生前，且須鋪生前舊衣於床上，置舊鞋於床下，以待魂歸瞻顧，吴下相傳謂之「收眼光」。延羽士②作法，先召於床而後遣之，謂之「接眚」。邗江俗例，設酒肴於死者之室。一家盡出，謂之「避眚」。以故有因避被竊者。芸娘眚期，房東因同居而出避，鄰家囑余亦設肴遠避。余冀魂歸一見，姑漫應之。同鄉張禹門諫余曰：「因邪入邪，宜信其有，勿嘗試也。」余曰：「所以不避而待之者，正信其有也。」

註釋 ①回煞：古代的一種迷信說法。陰陽家按照人去世時候的年月干支推算出魂靈返舍的時間，並說返回之日會有凶煞出現，故稱回煞，也叫歸煞。②羽士：道士的另一種稱呼。元薩都剌《題玄妙觀玉皇殿》詩：「老鶴如人窗下立，閒聽羽士理瑤琴。」

譯文　回煞時，有風俗認爲鬼魂當日一定會隨著凶煞返回，因此我將室內擺設的跟陳芸生前一樣，並且將她生前穿的舊衣服擺在床鋪上，將她往日穿的舊鞋擺在床邊，等候著她的魂魄回來。吳地人將這種行爲稱之爲「收眼光」。我請來道士做法，先在床上招魂，接著再請出去，這就是「接眚」。按照邗江的俗例，要在陳芸的房間裏設置酒菜，全家人都走出去，稱爲「避眚」。因此常有被人偷東西的事情發生。到了陳芸眚期的時候，房東因爲是與我們一同居住而外出暫避了，鄰居朋友也都囑咐我要我回避。可是我希望能夠見到陳芸的魂魄一面，衹是敷衍了事。同鄉一個叫張禹門的規勸我說：「這樣很容易招致邪門的東西上身，還是寧可信其有不可信其無。」我說：「我之所以不回避，就是因爲相信真有這回事。」

原文　張曰：「回煞犯煞不利生人，夫人即或魂歸，業已陰陽有間，竊恐欲見者無形可接，應避者反犯其鋒耳？」時余癡心不昧，強對曰：「死生有命。君果關切，伴我何如？」張曰：「我當於門外守之，君有異見，一呼即入可也。」余乃張燈入室，見鋪設宛然而音容已杳，不禁心傷淚湧。又恐淚眼模糊失所欲見，忍淚睜目，坐床而待。撫其所遺舊服，香澤猶存，不覺柔腸寸斷，冥然昏去。

譯文　張禹門接著說：「回煞時真的觸犯了凶煞，對活著的人會造成傷害的。即便是夫人真的回魂，那也是陰陽有別啊，恐怕即便靈魂回歸，你也見不到真實的形體啊，本應回避的人爲甚麼要故意去觸犯死者靈魂呢？」那時的我思念之心無法自拔，還是執著對他説：「生死有命，你要是真的關心我的話，就留下給我做伴如何？」張禹門説：「我就在門口守著。你如果看見甚麼異常情況，可以立即叫我。」我拿著油燈來到内室，望著和往常一樣的擺設，想起物是人非，不禁潸然淚下。又擔心淚眼模糊而失去相見的機會，衹好忍住眼淚，睜著雙眼，坐在床邊等待陳芸魂魄歸來。我摸著她生前穿過的衣物，仍然能感覺到陳芸的香味，突然肝腸寸斷，不知不覺就昏睡過去了。

原文 轉念待魂而來，何去遽睡耶？開目四視，見席上雙燭青焰熒熒，縮光如豆，毛骨悚然，通體寒栗。因摩兩手擦額，細矚之，雙焰漸起，高至尺許，紙裱頂格幾被所焚。余正得借光四顧間，光忽又縮如前。此時心舂股栗，欲呼守者進觀，而轉念柔魂弱魄，恐爲盛陽①所逼，悄呼芸名而祝之，滿室寂然，一無所見，既而燭焰復明，不復騰起矣。出告禹門，服余膽壯，不知余實一時情癡耳。

註釋 ①盛陽：陽氣旺盛。

譯文 本來是爲了等她回來，怎麼會睡著了呢？睜開眼睛四下張望，看見桌子上的兩根蠟燭依然在燃燒，光亮卻小，突然感覺毛骨悚然，整個身子都戰慄起來。趕緊搓搓雙手擦一下額頭，再仔細看一遍，兩根蠟燭的火焰突然竄的很高，差不多能有一尺，用紙糊的頃格差點都被燒著了。我借著燭光環顧四周，光亮忽然又暗了下來。這時候我突然感到十分恐懼，想要將守門的人叫進來，但是轉念一想，陳芸的柔魂弱魄，恐怕會被強盛的陽氣震懾。我輕聲叫著陳芸的名字，並且默默爲她禱告，整個屋子十分安靜，甚麼也沒看見。接著蠟燭又重新燃燒，火勢沒有再大起來。我走出門外告訴張禹門這件事，他十分佩服我的膽量，不知道其實我衹是因爲太癡情罷了。

原文　芸沒後，憶和靖「妻梅子鶴①」語，自號梅逸。權葬芸於揚州西門外之金桂山，俗呼郝家寶塔。買一棺之地，從遺言寄於此。攜木主②還鄉，吾母亦爲悲悼，青君、逢森歸來，痛哭成服③。啟堂進言曰：「嚴君怒猶未息，兄宜仍往揚州，俟嚴君歸里，婉言勸解，再當專劄相招。」余遂拜母別子女，痛哭一場，復至揚州，賣畫度日。因得常哭於芸娘之墓，影單形隻，備極淒涼，且偶經故居，傷心慘目。重陽日，鄰塚皆黃，芸墓獨青，守墳者曰：「此好穴場，故地氣旺也。」

註釋　①妻梅子鶴：也稱梅妻鶴子，意思是把梅花當作妻子，把僊鶴當成孩子，表示清高。宋代林逋隱居杭州西湖孤山，無妻無子，種梅養鶴以自娛，人稱「梅妻鶴子」。②木主：俗稱牌位，是木頭製作的神位。上面寫著死者姓名以供祭祀。又稱神主。宋梅堯臣《次韻景彝奉慈廟孟秋攝事二十韻》：「木主升新座，牙盤列庶羞。」③成服：古時喪禮大殮之後，親屬需要按照與死者關係的親疏遠近穿上不同的喪服，叫「成服」。《禮記・奔喪》：「唯父母之喪，見星而行，見星而舍。若未得行，則成服而後行。」

譯文 陳芸病故後，我想起林逋的「妻梅子鶴」一句話，所以就自號爲梅逸。將陳芸暫時安葬在西門外的金桂山，俗稱郝家寶塔。我買了一個棺材大小的地方，遵從她的遺言將她先安放在這裏。帶著牌位回到家鄉，母親也爲陳芸的去世感到很傷心，青君、逢森回來的時候，痛哭著穿上孝服。啟堂弟卻進言說：「父親的怒氣還沒消，你還是前往揚州爲好，等父親息怒後，我們再婉言相勸，到時再派人專門寫信給你將你召回來。」於是，我祇好又一次與母親、子女告別，痛哭一場，重新回到揚州，依靠賣字畫度日。也因此可以經常去陳芸墓前痛哭一場，我一個人形單影隻，備感淒涼。有時

候偶然經過以前居住的地方，更是目不忍視，傷心欲絕。九月初九重陽節那天，陳芸旁邊的墳墓都已經變成黃色了，唯獨陳芸的墳前是綠色，看守墳墓的人說：「這是一塊上好的墓地啊，所以地氣很旺。」

原文 余暗祝曰：「秋風已緊，身尚衣單，卿若有靈，佑我圖得一館，度此殘年，以待家鄉資訊。」未幾，江都幕客章馭庵先生欲回浙江葬親，倩余代庖①三月，得備禦寒之具。封篆②出署，張禹門招寓其家。張亦失館，度歲艱難，商於余，即以余貲二十金傾囊借之，且告曰：「此本留爲亡荊③扶柩④之費，一俟得有鄉音，償我可也。」是年即寓張度歲，晨占夕卜，鄉音殊杳。

註釋 ①代庖：代替下廚的人。後多用來比喻代人行事或代理他人職務。也說越俎代庖。《淮南子·主術訓》：「不正本而反自然，則人主逾勞，人臣逾逸，是猶代庖宰剝牲而爲大匠斲也。」②封篆：舊時官署在歲末年初的時候會停止辦公一段時間，稱之爲封篆。因爲官印大多是篆文所書，停止辦公即不用印，因此得名。③亡荊：自稱去世的妻子。④扶柩：護送靈柩。《醒世恒言·兩縣令競義婚孤女》：「不一日，蕭別駕卒於任所。蕭雅奔喪，扶柩而回。」

譯文 我心裏暗暗向陳芸祈禱說：「秋天來了，可我衣服穿得很單薄，如果你真的有靈的話，就保佑我能夠找到一個安身立命的地方，也好一邊工作，一邊等待家信。」沒過多久，江都幕客章馭庵先生準備回浙江安葬親人，請我暫時幫他料理三個月的事務，因此我得以準備好過冬的衣物。三個月期限已到，張禹門又邀請我到他家居住。張禹門也沒有甚麼職業，就與我商量解決辦法，我立即將我全部的積蓄一共二十兩銀子都拿出來，並且跟他說：「這些錢本來是留著護送亡妻靈柩回鄉之用，等到家裏有消息的時候，你再還給我吧。」那年我在張禹門家裏過的春節，每天都盼望能收到家裏的消息，卻一直杳無音信。

原文 至甲子①三月，接青君信，知吾父有病，即欲歸蘇，又恐觸舊忿。正趑趄②觀望間，復接青君信，始痛悉吾父業已辭世。刺骨痛心，呼天莫及。無暇他計，即星夜馳歸，觸首靈前，哀號流血。嗚呼！吾父一生辛苦，奔走於外。生余不肖，既少承歡膝下③，又未侍藥床前，不孝之罪何可逭哉！吾母見余哭，曰：「汝何此日始歸耶？」余曰：「兒之歸，幸得青君孫女信也。」吾母目余弟婦，遂默然。余入幕守靈至七，終無一人以家事告，以喪事商者。余自問人子之道已缺，故亦無顏詢問。

註釋 ①甲子：嘉慶九年，即一八〇四年。②趑趄：想前進又不敢前進。猶豫不前、疑懼不決。③承歡膝下：意思是在父母身邊服侍。承歡，舊指侍奉父母；膝下，表示幼年。

譯文 到了甲子年三月，我接到女兒青君的來信，來信中說我的父親生病了，我想要回到蘇州，還怕再觸及家庭的舊怨。就在我猶豫之時，我又收到青君的來信，我非常悲痛地知道，我的父親已經離開人世。對於父親的離世，我感到刺骨痛心，呼喚老天幫助也來不及了。我沒有時間再顧及其他的事情，馬上星夜疾馳，趕回家中，

在父親靈位前叩頭哀號。哎呀！我的父親一生辛苦，在外面奔波。生下我這個不肖的兒子，很少在他身邊陪伴，生病的時候，也沒在他的床前端藥，我不孝的罪名，怎麼逃得過啊！我的母親看到我，哭著說：「你怎麼現在纔回來呀？」我回答說：「我回來，幸虧收到青君的來信。」我的母親看著我的弟媳婦，好像怪她沒及時告訴我消息，但是最後也沒說甚麼。我在家裏守靈直到七七結束，仍然沒有一個人對我提到家事，或是和我商量喪事。我自問我做兒子的孝道已經不完整了，因此沒有臉面再去詢問。

原文 一日，忽有向余索逋者登門饒舌，余出應曰：「欠債不還，固應催索，然吾父骨肉未寒，乘凶追呼，未免太甚。」

中有一人私謂余曰：「我等皆有人招之使來，公且避出，當向招我者索償也。」余曰：「我欠我償，公等速退！」皆唯唯而去。余因呼啟堂諭之曰：「兄雖不肖，並未作惡不端，若言出嗣降服，從未得過纖毫嗣產，此次奔喪歸來，本人子之道，豈爲爭產故耶？大丈夫貴乎自立，我既一身歸，仍以一身去耳！」言已，返身入幕，不覺大慟。叩辭吾母，走告青君，行將出走深山，求赤松子①於世外矣。

註釋 ①赤松子：相傳爲晉代得道昇僊的皇初平。

評文 一天，忽然有討債的人登門饒舌，我出去應付道：「我們欠了你們的債沒還，上門索要是應該的，但是我的父親屍骨未寒，你們在這個時候上門大呼大鬧，有些過分了吧。」討債的人中有一個私自對我說：「我們都是受了別人的命令纔來的，你暫且躲避一下，我們會向招呼我們來的人討還欠債。」我說道：「如果是我欠債，必然由我來還，你們還是趕快回去吧。」那些人聽了都唯唯諾諾地離開了。我趁機叫來弟弟啟堂，對他說：「我雖然不肖，也不是作惡多端的人，如果因爲我過繼給堂伯爲後嗣，現在爲父親服喪就應降低爲一年，我從來沒有因爲過繼而拿別人一點財產，這次我奔喪回來，是想盡做兒子的孝道，難道是爲了爭奪財產嗎？大丈夫最可貴的就是自立自強，我既然是一個人回來，仍然會一個人回去！」說完，我就轉身回到屋子裏，不知不覺痛哭起來。我向母親叩頭辭別，又告訴我的女兒青君，我將要到深山裏去求助神僊赤松子，從此會過上在外漂泊的生活。

佛事的人喫齋的地方。我就在這裏放好了床榻，挨著門有個關帝拿著刀站立的雕像，非常威武。院子裏有一棵銀杏樹，有三抱粗，樹蔭遮擋了整間閣樓，夜深人靜的時候，風聲聽起來好像怒吼。夏揖山常常帶著酒菜過來和我一起喝酒，並說道：「你一個人住在這裏，夜深人靜常常睡不著覺，不會覺得害怕吧？」我回答說：「我一生坦蕩，胸中沒有污穢的想法，有甚麼可害怕的？」住了幾天，忽然下起大雨，一連下了三十多天，我擔心銀杏的樹枝被折斷，壓到房梁上引起房屋倒塌。幸虧有神靈保佑，竟然安然無恙。而外邊的房子牆壁倒塌了很多，近處田地裏的莊稼都被淹沒了。我則和僧人安然作畫，對那些事情不見不聞。

原文 七月初，天始霽，揖山尊人①號蓴薌有交易赴崇明，偕余往，代筆書券得二十金。歸，值吾父將安葬，啟堂命逢森向余曰：「叔因葬事乏用，欲助一二十金。」余擬傾囊與之，揖山不允，分幫其半。余即攜青君先至墓所，葬既畢，仍返大悲閣。九月杪，揖山有田在東海永泰沙，又偕余往收其息。盤桓兩月，歸已殘冬，移寓其家雪鴻草堂度歲。真異姓骨肉也。

乙丑七月，琢堂始自都門回籍。琢堂名韞玉，字執如，琢堂其號也，與余爲總角②交。乾隆庚戌殿元③，出爲四川重慶守。白蓮教之亂，三年戎馬，極著勞績。及歸，相見甚歡。旋於重九日挈眷重赴四川重慶之任，邀余同往。余即叩別吾母於九妹倩陸尚吾家，蓋先君故居已屬他人矣。吾母囑州。石琢堂騎著馬獨自到了重慶，然後經過成都過棧道去上任。丙寅年二月，我纔和石琢堂的眷屬從水路趕過去，我們在樊城登陸。路途遥遠，花費很多，車上載了很多東西，同行的人也不少，一路上累死馬匹，折斷車輪，我們嘗盡了辛苦。抵達潼關纔四個月，琢堂又陞任山東省司法長官，他兩袖清風。家屬不能跟著一同前往，就暫時住在潼川書院。十月底，琢堂纔派官員來接家裏的人。官員來的時候還帶上了青君的書信，我駭然獲悉我的兒子逢森已經在四月的時候夭折了。我回憶起兒子爲我送行落淚的情景，那一次竟然成了永别。嗚呼！芸衹爲我生了一個兒子，我無法再衍生續嗣了！琢堂聽了我的事情，也不禁感慨長嘆，贈給我一個小妾，讓我重新進入春夢。從此，世事紛亂擾攘，我不知甚麼時候夢纔能醒。

卷四 浪遊記快

原文 余遊幕① 三十年來，天下所未到者，蜀中、黔中與滇南耳。惜乎輪蹄征逐，處處隨人，山水怡情，雲煙過眼，不過領略其大概，不能探僻尋幽也。余凡事喜獨出己見，不屑隨人是非，即論詩品畫，莫不存人珍我棄、人棄我取之意，故名勝所在，貴乎心得，有名勝而不覺其佳者，有非名勝而自以爲妙者，聊以平生所歷者記之。

余年十五時，吾父稼夫公館於山陰② 趙明府幕中。有趙省齋先生名傳者，杭之宿儒③ 也，趙明府延教其子，吾父命余亦拜投門下。

註釋 ①遊幕：舊指離鄉做幕僚、幕賓。清姚鼐《袁隨園君墓誌銘》：「祖諱錡，考諱濱，叔父鴻，皆以貧游幕四方。」清黃軒祖《遊梁瑣記・裕州刀匪》：「靖江汪靜軒，隨父遊幕洛陽。」清林則徐《復議陳文翥條陳吏治積習摺》：「緣從前遊幕人少，間有高抬聲價，倚勢居奇。」②山陰：紹興的代稱。紹興古稱會稽，王羲之曾居會稽山陰，故以山陰代指紹興。③宿儒：原指長時間鑽研儒家經典的人，後多用來指長期從事某種學問研究，並取得了一定成就的人。也用來指年輩最尊的老師，或知識淵博的學者。《漢書・翟方進傳》：「是時宿儒有清河胡常，與方進同經。」唐韓愈《施先生墓銘》：「故自賢士大夫，老師宿儒，新進小生，聞先生之死，哭泣相弔。」

譯文 在曾經漂泊的三十年裏，我常常借著擔任幕僚的便利，到很多地方遊覽。如今，除了四川中部、貴州中部以及雲南南部等幾處我還沒有遊覽過，天下大部分地方我都去過了。遺憾的是，我衹是一個隨從，處處聽命別人，景色雖然怡人美麗，但也都是匆匆路過，走馬觀花，根本沒有時間細細欣賞，更別說領略其中的寓意，探尋一些更深幽的景色了。無論對甚麼事情，我都喜歡有個人見解，而不願意跟隨別人的意見而判別是非。即使是品詩論畫，我也常常有別人珍藏的我會拋棄，別人拋棄的我反而會珍藏的觀點，所以評判名勝，最寶貴的是欣賞的人能夠有所心得，有的名勝看了並不覺得有多好，而有一些不是名勝的地方反而會讓你覺得非常美妙，在這裏，我姑且把我平生所經歷的一些有意思的事情記錄下來。

在我十五歲的時候，我的父親沈稼夫在紹興趙縣令的府上擔任幕僚。當時有一位趙省齋先生，名叫趙傳，他是杭州一帶很有名望的學者，趙縣令請這位先生教導自己的兒子，我的父親讓我也投到趙省齋先生的門下，跟隨他學習。

原文 暇日出遊，得至吼山，離城約十餘里。不通陸路。近山見一石洞，上有片石橫裂欲墮，即從其下蕩舟入。豁然空其中，四面皆峭壁，俗名之曰「水園」。臨流建石閣五椽，對面石壁有「觀魚躍」三字，水深不測，相傳有巨鱗①潛伏，余投餌試之，僅見不盈尺者出而唼食焉。閣後有道通旱園，拳石亂矗，有橫闊如掌者，有柱石平其頂而上加大石者，鑿痕猶在，一無可取。遊覽既畢，宴於水閣，命從者放爆竹，轟然一響，萬山齊應，如聞霹靂聲。此幼時快遊之始。惜乎蘭亭②、禹陵③未能一到，至今以爲憾。

註釋 ①巨鱗：大魚。②蘭亭：亭名。該亭在浙江省紹興市西南的蘭渚山上。東晉永和九年（三五三年）王羲之、謝安等人一起到這裏遊覽，王羲之還寫下了《蘭亭集序》。③禹陵：位於浙江省紹興城東南的會稽山麓，相傳是中國古代的治水英雄大禹的葬地。

譯文 一次閒暇的時候，大家一起出遊，到了離城大概有十里的吼山。那裏不通陸路。我們走近發現了一個石洞，上面有一片巨石從中間裂開，好像就要掉下來，我們坐上船迅速從巨石下面進入了洞裏。我們進到裏面以後，眼前豁然開朗，石洞的四面都是陡峭的崖壁，大家俗稱這裏爲「水園」。在這裏，臨近水流的地方有人建造了五間石頭閣房，在閣對面的石壁上還刻著「觀魚躍」三個字，水很深，不能看到水底，傳說，有很大的魚躲在裏面，我向水中扔下魚餌試探，衹看見一些不到一尺的小魚出來喫食。在石閣的後面有通向旱園的小路，在旱園中，有許多石頭散亂地矗立著，有的很開闊，就好像是張開的手掌，有的石頭柱子的頂是平的，在頂上還被人擺上了更大的石頭，其中人工打鑿的痕跡仍然很清晰，我認爲沒有一點可取的地方。遊覽結束後，我們在水閣擺下宴席，還讓隨從放爆竹，爆竹轟然響起來，所有的山都跟著回應，聲音有晴天霹靂那麼響亮。這是我幼年的時候暢快遊覽的開始。可惜，我們沒有到附近的蘭亭、禹陵去遊覽，直到現在我還覺得很遺憾。

原文 至山陰之明年，先生以親老不遠遊，設帳於家，余遂從至杭，西湖之勝因得暢遊。結構之妙，予以龍井爲最，小有天園次之。石取天竺之飛來峰，城隍山之瑞石古洞。水取玉泉，以水清多魚，有活潑趣也。大約至不堪者，葛嶺之瑪瑙寺。其餘湖心亭，六一泉諸景，各有妙處，不能盡述，然皆不脫脂粉氣，反不如小靜室之幽僻，雅近天然。

譯文 到紹興的第二年，趙先生因爲雙親年紀大了，不忍心再離家遠遊，於是在家裏開了學館，我也跟隨著來到了杭州，借著這個機會，我有幸遊覽了西湖的美景。在西湖的眾多美景中，我認爲龍井是最迷人的，如果考慮小巧玲瓏，天園能排在第二位。天竺山的飛來峰和城隍山的瑞石古洞算得上是石景中最好的兩處。而玉泉應該是水景中比較有名的，玉泉的水很清澈，裏面還有很多小魚，有一種活潑有趣的意味。葛嶺上的瑪瑙寺，更是氣勢恢宏，無與倫比。其他的像湖心亭、六一泉等景色也有都各自的妙處，不是幾句話能說清楚的，不過，這些景色都沒能脱去脂粉氣，倒缺少了小靜室那份優雅僻靜，和自然融爲一體的感覺。

原文 蘇小①墓在西泠橋側。土人指示，初僅半丘黄土而已，乾隆庚子聖駕南巡，曾一詢及，甲辰春復舉南巡盛典，則蘇小墓已石築其墳，作八角形，上立一碑，大書曰：「錢塘蘇小小之墓」。從此弔古騷人②不須徘徊探訪矣。余思古來烈魄忠魂湮沒不傳者，固不可勝數，即傳而不久者亦不爲少，小小一名妓耳，自南齊至今，盡人而知之，此殆靈氣所鍾，爲湖山點綴耶？橋北數武有崇文書院，余曾與同學趙緝之投考其中。

註釋 ①蘇小：即蘇小小。南朝齊時生活在錢塘的一位名妓。②騷人：文人，詩人。南朝梁蕭統《〈文選〉序》：「騷人之文，自茲而作。」《宣和畫譜·李公麟》：「吾爲畫如騷人賦詩吟詠情性而已。」

譯文 名妓蘇小小的墳墓在西泠橋的旁邊。當地人指著蘇小小的墳墓告訴我們，當初這裏不過是半個土堆，乾隆庚子年，皇帝南巡的時候曾經問起了蘇小小，到了甲辰年的春天，皇帝再次舉行南巡的盛典，這時候，蘇小小的墳墓已經用石頭築好了，墳墓的外形是八角形，在上面還立著一塊碑，碑上用大字寫道：「錢塘蘇小小之墓」。從此那些前來憑弔的文人再不用徘徊不前，到處打聽了。我以爲，自古以來，剛烈忠貞而被埋沒不見經傳的人，固然是不可勝數的，即使有一些流傳了一段時間，但不久又被淹沒的也不在少數，而蘇小小祇是一個小小的妓女，卻能從南齊流傳到現在，所有的人都知道蘇小小，這大概是因爲此地聚集了靈氣，被湖光山色點綴的吧？在西泠橋的北面幾步的距離有一個崇文書院，我曾經和同學趙緝之一起報考過這個書院。

原文　時值長夏，起極早，出錢塘門，過昭慶寺，上斷橋，坐石闌上。旭日將昇，朝霞映於柳外，盡態極妍；白蓮香里，清風徐來，令人心骨皆清。步至書院，題猶未出也。午後繳卷。偕緝之納涼於紫雲洞，大可容數十人，石竅上透日光。有人設短几矮凳，賣酒於此。解衣小酌，嘗鹿脯甚妙，佐以鮮菱雪藕，微酣出洞。緝之曰：「上有朝陽臺，頗高曠，盍往一遊？」余亦興發，奮勇登其巔，覺西湖如鏡，杭城如丸，錢塘江如帶，極目可數百里。此生平第一大觀也。

譯文　當時正是盛夏，我們起得很早，我們一起出了錢塘門，經過昭慶寺，最後來到斷橋上，我們坐在橋上的石欄杆上。當時太陽從東方冉冉昇起，朝霞從柳樹外映照過來，柳樹的枝條就表現出了各種美麗的形態；白蓮花的幽香傳到很遠的地方，一陣風輕輕吹來，讓人的全身都感到了一種清爽。我們一路步行到書院，等我們到的時候，試題還沒有公佈。午後，我們把寫好的卷子交上去。然後，我和趙緝之一起到紫雲洞那裏去乘涼，洞中能容納數十個人，陽光從洞頂的石孔透過來。有的人在這裏擺好桌子板凳，賣酒給到這裏的人。我們把外衣解開，買了一些就開懷暢飲，我們一邊喝著酒，一邊品嚐鹿肉，並配上新鮮的菱角和雪白的蓮藕，感覺非常好，我和趙緝之一直喝到有點醉了纔離開紫雲洞。緝之提議道：「紫雲洞上面有朝陽臺，那裏的視野非常開闊，我們爲甚麼不乘著酒興前去遊覽呢？」我也來了興致，奮勇登上山頂，這時我看到西湖就像一面鏡子，杭州變得像彈丸大小，而錢塘江好像是一條絲帶，站在山頂上我能夠望到數百里以外的地方。這是我生平經歷過的第一大景觀。

原文 坐良久，陽烏將落，相攜下山，南屏晚鐘動矣。韜光、雲棲路遠未到，其紅門局之梅花，姑姑廟之鐵樹，不過爾爾。紫陽洞予以爲必可觀，而訪尋得之，洞口僅容一指，涓涓流水而已，相傳中有洞天，恨不能抉門而入。清明日，先生春祭掃墓，挈余同遊。墓在東岳，是鄉多竹，墳丁掘未出土之毛筍，形如梨而尖，作羹供客。余甘之，盡其兩碗。先生曰：「噫！是雖味美而克心血，宜多食肉以解之。」

譯文 我們在山頂坐了很長時間，直到太陽就要落山的時候，我們纔互相攙扶著下了山，這時候，我們聽到南屏山晚上的鐘聲已經敲響了。由於路遠，我們沒有去韜光寺和雲棲寺，其他的像是紅門局的梅花，姑姑廟的鐵樹也不過如此。我以爲紫陽洞一定有值得遊覽的價值，於是我們一路打聽到了那裏，我們看到洞口衹有一個手指那麼大，有一點涓涓流水而已，傳說，其中別有洞天，不過我們無法挖開洞口進入。清明那天，趙先生去祭掃祖墓，順便帶著我一同春遊。先生的祖墓在東岳，那裏有很多竹子，守墳的人挖出沒出土的筍芽，形狀像梨，又比梨尖，他們用筍芽做成羹來招待客人。我嚐了一口，味道很好，忍不住喫了兩碗。先生道：「哎！這東西雖然好喫，但是克心血，應該多喫肉來化解一下。」

原文 余素不貪屠門之嚼，至是飯量且因筍而減，歸途覺煩躁，唇舌幾裂。過石屋洞，不甚可觀。水樂洞峭壁多藤蘿，入洞如斗室，有泉流甚急，其聲琅琅。池廣僅三尺，深五寸許，不溢亦不竭。余俯流就飲，煩躁頓解。洞外二小亭，坐其中可聽泉聲。衲子①請觀萬年缸。缸在香積廚，形甚巨，以竹引泉灌其內，聽其滿溢，年久結苔厚尺許，冬日不冰，故不損也。

註釋 ①衲子：僧人。宋黃庭堅《送密老住五峰》詩：「水邊林下逢衲子，南北東西古道場。」明湯顯祖《南柯記・禪請》：「不去罷。我看衲子們談經說誦的，不在話下。」

譯文 我向來不喫葷腥，而且我喫多了筍，飯量也減少了，回來的路上我忽然感到很煩躁，嘴唇和舌頭幾乎要裂開。經過石屋洞，我們覺得那裏沒甚麼可看的。水月洞中的峭壁上掛著很多藤蘿，走進洞裏就像進入一個小屋子，能聽到很急的泉水流動，水聲琅琅。洞中還有水池，池子大小可能僅三尺左右，深有五寸，池中的水沒有溢出來也不會乾涸。我俯下身捧了一口水喝，身上煩躁的感覺馬上好了許多。洞外有兩個小亭子，我們坐在裏面就能聽到泉水的聲音。這時，有和尚請我們觀看萬年缸。缸在香積廚裏，外型很大，用竹筒引泉水注入缸中，任水流裝滿缸又溢到外面，時間長了，缸裏長了一尺多厚的苔蘚，冬天的時候也不結冰，因此，缸始終保存完好。

原文　辛丑秋八月吾父病瘧返里，寒索火，熱索冰，余諫不聽，竟轉傷寒，病勢日重。余侍奉湯藥，晝夜不交睫者幾一月。吾婦芸娘亦大病，懨懨在床。心境惡劣，莫可名狀。吾父呼余囑之曰：「我病恐不起，汝守數本書，終非糊口計，我託汝於盟弟蔣思齋，仍繼吾業可耳。」越日思齋來，即於榻前命拜爲師。未幾，得名醫徐觀蓮先生診治，父病漸痊。芸亦得徐力起床。而余則從此習幕矣。此非快事，何記於此？曰：此拋書浪遊之始，故記之。

譯文　辛丑年的八月，我的父親得了瘧疾回到老家養病，他覺得冷就要火，覺得熱了就要冰，我勸他不要這樣，但是他不聽，慢慢的，父親的病轉成了傷寒，而且病情更嚴重了。我端著湯藥在父親的床前伺候，將近一個月的時間，無論白天晚上我都不能休息。我的妻子芸娘也生了病，病懨懨躺在床上。我當時的心情非常不好，都不是用語言能形容的。父親把我叫到床前，囑咐我說：「我的病恐怕好不了了，你天天守著幾本書，也不是養家糊口的好辦法，我把你託付給我的結拜兄弟蔣思齋，你就可以繼承我的職業了。」第二天，蔣思齋到我家來，我就在父親的床前拜他爲師。過了不久，我找到一位叫徐觀蓮的名醫，經過他的診治，父親的病漸漸好了。陳芸也有力氣下床活動。從那以後，我開始跟隨蔣思齋步入了遊幕生涯。這並不是甚麼高興的事情，可是我爲甚麼要記下來呢？因爲：這是我拋開書本開始浪遊的起點，所以記錄下來。